隣の百合おばさん

城唯士

幻冬舎MC

一

起きあがる気になれない。

カーテンを閉め忘れたベッド脇の窓越しに、白っぽい青空にちぎれ雲が見える。嫌でたまらなかった文具卸会社を昨日で辞めた。

たっぷり眠るつもりだったが目覚めた瞬間「遅刻だ」と、瞬時額に血が集まった。すぐ辞めたことを思い出して力が抜けた。ほぼ同時に今日は土曜日だったことも。束の間の安堵の裏に貼り付いた不安が反転して現れ、頭の中に居座り続けている。

ちぎれ雲は海岸方面に流れ去って窓枠から消えた。

昨日は新人を連れて最後の担当店舗回りをして引き継ぎを終えた。新人は文具オタク。文具関連会社は第一志望だったと張り切っていた。無邪気で明るいやつだった。素直に話ができる社員に初めて出会った。俺の代わりだから皮肉なものだ。彼は希望職種に就いたのだから、俺に嫌な仕事を押しつけた疚《やま》しさはない。後顧の憂いなく仕事を終えたが前途に不安がぶら下がっていた。

辞めれば解放感がやって来ると夢想していた。だいぶ前までは。退職日が近づくにつれ、滲むインク文字のように解放感が輪郭をなくして判読不能になった。案の定、退職日翌日の今朝、解放感どころか身体も気分も重く、ベッドを降りるきっかけがやって来ない。

ガラス越しに空をぼんやり見る。トンビが固定した翼で窓枠の中で円弧を描く。海岸が近く、漁港もあるせいでトンビが多い。お袋とこのマンションに同居するようになって猛禽類に似合わない切ない鳴き声を覚えた。

白み始めた頃トイレに起きたから膀胱にゆとりがある。ペットボトルの大きいやつにすればこの部屋から出ないで済む。スマホ、iPad、パソコン、ゲーム機、ミニコンポ、小型テレビにDVDプレーヤー、スチール製本棚に雑誌と小説が詰め込んである。この部屋を出ないで過ごせるかと思いきや、大きい方の始末が思い付かない。そして食事も。食べて出さねば俺は死ぬ。

自分の部屋だけでは無理でも、マンションから出ない生活はできる。引き籠もれたら気楽に過ごせる。ここは俺の生まれ育った街ではない。周りに小中学校の友達はいない。干渉される心配はない。

引きこもりをヒッキーと呼ぶんだと思い出した。ヒッキーになれば必然的にプータローになる。カタカナにすると軽い存在に変化する。合わせればヒッキープー。なんだかおかしくて緩んだ腹がひくひくした。

　退職を決めて以降、仕事に行っても一日のサイクルに力の入れどころがない脱力感を意識していた。嫌みや皮肉ばかりを投げ付けてくる同僚の前では退職が嬉しくて仕方ない演技でささやかな抵抗を続けた。

「会社を辞めるぞー」と学生時代のサークルのLINEで元気な文言を書き並べてやりとりしているうちに、決めたことに揺らぎが出てきた。しかしトーンを変えなかった。七人のメンバーで一年前に転職が一人出ていた。二人から「俺も辞めたい」と返されて、気持ちの揺らぎを書けなくなった。感情をありのまま文章に変換し切る自信もなかった。

　リビングからお袋と隣の百合おばさんの弾ける笑い声が聞こえる。

　週末恒例二人のお茶会。百合おばさんは演劇をやってきたせいだろう。歯切れ良く、通る声で話す。集中すれば、話題が何か俺の部屋でも聞き取れる。百合おばさんはしょっちゅう来ているから、つけっぱなしのテレビの音と同じで気にならない。

　昨日は事務机の周りを片付けて、早い時間に東京支所が入るビルを出た。地下鉄の階段を下りるまでは大股で胸を張って歩けた。会社の窓からきっと嫌いなやつらが見下ろしていると思っていた。階段を下り始めて俺の空元気《から》用バッテリーが切れた。手すりを掴んで立ち止まった。ため息が出た。いじめレベルの嫌みを言う先輩とそれに合わせてバカにした表情で俺を見る経理担当のアラサー女。怒りを直接ぶつけられないから、意気揚々と辞める姿だけを意地でも見せつけたかった。

『三日三月三年』と誰かがＬＩＮＥで書いていた。仕事を辞めたくなる時期だと。俺の場合二年が限界だった。

いっときの気の迷いではなかった。嫌なことが多すぎた。営業先の大きい文具店ほど高慢な対応をする人間が多かった。学校近くの小さな文具店は児童・生徒の減少で店舗の一部に米を置いたり、半分をクレープ屋に貸したり、意欲のない店主ばかりで、迷惑顔で迎えられることが多かった。採算は二の次で子供好きなだけで店を開けている気の良いおばあさんの文房具店だけが俺の息抜き場所だった。年齢の近い横柄な先輩が日報画面を後ろから覗き込んで「あんなつぶれかかったばばあの小さな店で時間つぶしてどうすんねん」と大きな声でからかわれた。アラサー女は入社当初だけは優しかった。外回りから戻るとお菓子をくれたり、ねぎらいの声をかけたりしてくれた。ある日、退社時間直後に亜弥からの電話を受けたのを見られてから、手のひら返しで冷たく嫌みな女になった。

大阪に本社がある文具卸の会社。俺が入社したのが東京進出三年目。東京支所に期待された実績が上がっていなかった。支所が入ったビルのワンフロアは沈滞気味で、俺以外の三人の営業担当は早く大阪本社に異動したい気持ちを隠さず、俺への当て付けと皮肉が支所長への露骨なアピールに使われた。俺は半年で同僚全員が嫌いになった。

疲れて帰宅してベッドに倒れ込み、嫌いな同僚たちへの罵詈雑言を想像のシーンで繰り返した。自分の想像に興奮して眠れぬ夜があった。無益な時間だった。

去年の秋の終わりから食欲が落ちた。お袋がじっと俺の顔を見ることが増えた。その頃は亜弥と会うこともなくなっていた。

年明け早々、初めてお袋に「辞めたい」と言った。少しの間を空けてから「辞めたら家事を手伝うのよ」とだけ返された。それだけだった。

二月末に支所長に退職すると申し出たら、こっちの退職理由に興味も示さず、四月に新人が入るから引き継ぎしてからにしてくれと頼まれた。まあいいかと引き受けてやった。

退職が支所内に知られてから「やっぱゆとり世代はいい加減なもんやなー」と先輩が聞こえよがしに言う、アラサーは「ほんとそうよねー」と横目で俺を見て同調する。他の連中は薄ら笑いを浮かべて俺の方も見なかった。「ゆとりは関係ねえんだよー。おめえらが嫌えだからなんだよー」と怒鳴りたかった。気にしないふりして曖昧ににやつくことしかできなかった。

帰宅ラッシュ前の地下鉄のホームに人は少なかった。人混みに混じりたくなった。孤立の不安を癒すために渋谷に行った。交差点から人波に押されて道玄坂を上った。行く当てが見つからないのに歩道で向きを変えて下ることができなかった。目的があるかのように反対側の歩道に渡ってから坂を下った。渋谷から横浜に向かった。解放感があるのにこのまま小弓浜に直帰することが敗残兵のように惨めだった。横浜駅でまた改札を出た。渋谷ではどこに行っていいか決められなかったが、横浜駅ではその心配がなかった。亜弥と入ったことがある地下街の小さな喫茶店に入ってコーヒーを飲んだ。

観客のいない独り芝居をやった。自意識過剰で優柔不断。

亜弥に会わなくなってから、亜弥に引き出されていた俺のプラス思考が干からびて埋もれていた。

「おはようございます」

パジャマを着たまま廊下から百合おばさんに挨拶をする。

「あらおはよう。待ってたのよー。諒クンにお話があるのー」

百合おばさんがわざとらしく語尾を伸ばして片手を頬に当て、科《しな》を作り、流し目を送る。部屋から出てリビングに近づいたとたんにじめついたベッド周りの空気から百合おばさんの発散する華やかな舞台のような空気に変わっていた。待ち構えていたおばさんの挙《きょ》措《そ》には俺の気分にかかっていた靄《もや》を一瞬で吹き払う強い空気圧があった。表情の変化だけではなく身振り手振りが大きいから、お袋と同じくらいの身長なのにいつも大きく見える。百合おばさんはよくこんな風に俺をからかう。おばさんも俺が昨日で仕事を辞めたことは承知している。

そのままトイレに入り、緩い朝立ちをおさめる。以前の休日、同じようにパジャマ姿で百合おばさんと顔を合わせたとき「諒クーン、ちゃんと朝立ちしてるー？」と下半身をわざとらしく見つめられた。シンクに立っていたお袋は聞こえないふりをしていた。俺はトイレに逃げ込んだ。お袋はおばさんのこんないたずらに慣れている。

メイクなしで髪も簡単に後ろでまとめている。それでも若い。お袋より五歳若い四十七歳というが、三十代でも通る。

お袋がこのマンションに住むようになって、東京で下宿していた俺がたまに来ると必ず百合おばさんを話題にした。

「百合ちゃんは色白で瓜実顔《うりざねがお》の富士額《ふじびたい》。典型的な日本美人。あの話しっぷりと動きがもう少しお淑《しと》やかになったら文句の付けようがないわね」

俺はそのときに瓜実顔と富士額という言葉を覚えた。別の機会に、

「百合ちゃんは自分が美人と言われることを嫌がることも喜ぶこともしないのがあっぱれよ。どうでもいいことなんだって。でも生きていくのに利用させてもらったことは確か

だって、笑って言うのよ。ほんと面白い人よねー」

お袋はずっとこの調子で百合おばさんと付き合ってきた。

お袋は管理栄養士で県の公務員。料理好きで百合おばさんのスナック『アローボウ』で出すお通しのアドバイス役。おばさんは常連客がお通しを褒めると喜んでいる。

「アルバイトの話を持ってきてくれたのよ」とお袋が軽い調子で言う。「えっ」と口から出たが、よく飲み込めない事態で立ち止まった。「昨日やっと仕事を辞められたとこなんでバイトなんか探してないんだけど……」と言いたくなったが二人とも知っている。

「早く歯を磨きなさい」

お袋に急かされて洗面所に入った。俺の頭で情報が整理されていないから二人に突き転がされている気分だ。

「うちでカウンターに入ってくれないかなぁ。大して払えないけど、しばらくの間」

俺が歯ブラシを咥えているのに、おばさんは洗面所の外に立って横から話しかけてくる。

「諒クンだけが頼りなのぉ」と洗面所の入り口の柱に両手を重ねて、顔を傾げて手の甲に押し付けている。声色まで作って男に甘える女を演じ始めた。俺は吹き出して中断後、なんとか歯磨きと洗顔を終えた。部屋に戻って着替え始めても開けたドアの外から百合おばさんの大声の説明が続く。

「去年の十一月から実家の母親が体調崩して兄の家に移ったでしょ」

お兄さんは亡くなったお父さんの跡を継いで病院を経営しているはずだ。実家が大きな民家で、風を通さないと家が傷むから母親の見舞いを兼ねて雨戸を開けに二週に一回、日曜日に通っている。それはお袋から聞いていた。

「久代さんには話したんだけど、『アローボウ』を閉めようと思っていてね」

びっくりした。スナック『アローボウ』はすごく儲かっているとは聞いていないが、常連客もいて、経営的にはそこそこらしいことはお袋からの情報だ。

テーブルに着いて用意された朝食を食べ始めた。おばさんも向き合って座って話を続けた。

「スナックを閉めてね、実家を改装して郷土料理を出す店を始めようと思っているのよ」

俺をからかいながら話すから、気まぐれでバイトさせるつもりなのかと思っていた。

マンションの隣室に一人住まいの百合おばさんは、スナック『アローボウ』のオーナーママをしながらアマチュア劇団もやっている。中棲屋百合恵が本名。ナカズミヤなんて舌を噛みそうになるから俺はただおばさんと呼んだり百合おばさんと呼んだりしている。

お袋とは六年ぐらいの付き合いになるはずだ。俺は大学三年の終わりまで東京に下宿していたから三年前までお袋も一人暮らし。百合おばさんは一人娘の茉莉《まつり》ちゃんが結婚した四年前から一人暮らしだ。どっちもシングルマザーで馬が合ったらしく、二人はしょっちゅう隣同士の部屋を行き来している。

茉莉ちゃんには誕生日前の赤ん坊がいる。百合おばさんが家にいても俺は何も気を遣わない。茉莉ちゃんは俺と同い年だが二十一歳で結婚した。百合おばさんはすでにおばあちゃんなのだ。大須賀さんとはあまり会う機会がないが、ここから歩いて十分ぐらいの海岸近くのマンションに住んでいて、茉莉ちゃんはベビーカーに娘の桃香《ももか》ちゃんを乗せてしょっちゅうおばさんの部屋に来ているし、この部屋にもよく顔を出す。旦那の大須賀さんは十歳以上年上だ。

テーブルのカッティングボードに半分になったパン・ド・カンパーニュとパン切りナイフが載っている。お袋とおばさんはたぶんいつものように『アローボウ』のお通しの残り物を挟んだ日仏合作のサンドイッチを食べたのだろう。

オムレツとチーズたっぷりの野菜サラダ。ドレッシングと甘夏とブルーベリーのジャムはお袋オリジナル。

亜弥と付き合い始めた頃、フランスオタクのような彼女に教えられたフランスパンのことをお袋に話したら、イギリスパンをやめ、バゲットから始めてバタール、パリジャン、クッペ、ブールとひと通り試して、ドーム型でずっしりしたカンパーニュ中心に落ち着いた。

サラダを食べ始めてやっと俺の頭が平常回転を始めた。お袋には話したという新しく開く店は群馬の百合おばさんの実家。お袋にとっては仲良しのお友達が隣からいなくなるってことじゃないか？　何で俺に話していなかったのか。そっとお袋の表情を見ても特段の反応はない。俺にしたってこんなに親しく付き合っている百合おばさんが引っ越して隣からいなくなったら寂しくなる。

取り敢えず百合おばさんの話は飲み込めたが、俺が『アローボウ』を手伝わなければいけない理由が分からない。

「お店にするって言っても普通の民家だから相当手間がかかりそうでね。田舎だからみんな車で動くでしょ？　駐車場も作らないといけないし、食材の仕入れ先を探したり、手伝ってくれる人も探さないといけないし。で、時間がかかりそうなの。見通しがしっかり立つまでは『アローボウ』を閉めちゃうわけにいかなくてさ、それまで金土だけ諒クンに任せたいの」

いつもせわしない往復になってきたからできれば金曜日に行きたいのだそうだ。そんなときに俺が仕事を辞める話をお袋から聞いて、渡りに船で今日を待っていたということらしい。

昨日嫌いな仕事を辞めたばかりで、正直鬱陶しい話だ。居酒屋のバイト経験はあるけど、カウンターに入るということはバーテンになることではないのか。全くその気になれないが、事情を聞いてしまい、おまけに百合おばさんの色っぽい演技付きの頼みだ。断れる可能性は主観的にはなさそうだ。

「いつ頃までですか？」

「まだ見通しがはっきりしないから差し当たりでいいから。諒クンが無理になったらそこまででいいから」

「金曜と土曜だけって言ったって、僕はバーテンやったことないですよ」

「教える。難しい注文はないし、カクテルなんていくつか覚えれば十分。後はできないって言えばいいのよ」

「おばさんは金曜と土曜に実家に行くんでしょ。俺一人でお店をやるってこと？」

「すぐにってことじゃないわよ。しばらく仕事を覚えてもらうのに私と一緒に働いて、慣れたら週末に一人でやってほしいの」

「おばさーん、そんな即席教育でやれるもんなの－？」

背もたれに背中を反らして不安と消極性をアピールした。

「大丈夫。うちは常連さんばかりの店だから、難しいことなんか起こらないのよ。飲み物だっていつもほとんど同じだし、お通しは私が用意するし」

おばさんは気にも留めずにさらに押してくる。

お袋は黙って朝食を並べただけで話に入ろうとしない。今日から仕事のないプータローでごろごろさせるよりは、百合おばさんという親友に俺を預けてしまう方が安心だと思っているのか、どこか毅然としているような真意が読めない硬い表情をしている。俺の気持ちを汲んでくれるような気配がない。おばさんだって俺があんまり乗り気でないことは分かるはずだ。それでも強引に頼んでくるからにはお袋が既に承知していて、俺が断る様子を見せれば百合おばさんに加勢するような予感がする。お袋とおばさんが共同戦線を張っているとしたら断れる可能性は客観的にもなさそうだ。

月曜から土曜まで夕方の四時から夜十時まで、暫く仕事に慣れるまでおばさんの手伝いで働き、それから隔週の金曜と土曜だけ一人で店番をすることに決まってしまった。俺のヒッキープーの夢は百合おばさんの色っぽい手つきでやんわりと握りつぶされた。

そうだ、学生時代にも自分の意思のないままお袋に言いくるめられて東京に下宿することになったんだ。

お袋は俺が大学に入るとき、自宅から通える距離なのに東京の北のはずれに安いアパートを探してきて下宿するように勧めた。一人で食事を作って生活する経験をした方がいいからだと。

想定もしていなかったことだし、食事を作るなんて経験がないし、気乗りもしなかった。結局気楽に過ごせるだろうからまあいいかとその気にさせられて、四畳半に小さな台所付き、トイレ共同で風呂なしの学生アパートで三年の終わりまで暮らした。アパートから大学に通うためにママチャリを使うことになり、語学クラスの友達と似非サークル『ママチャリ友の会』の立ち上げメンバーになるに至った。俺がアパートに移って間もなく、お袋は横浜市内の賃貸マンションから半島を下ったこの築六年の中古マンションを買って転居した。俺に下宿を勧めた隠れた理由は俺の通学時間が延びるこの引っ越しにあったのだ。

お袋が友達と房総旅行に行くのにこの街を歩いてフェリー乗り場に行った。駅から乗り場まで歩いて二十分ほど。大きな公園もある。地方都市ののんびりした雰囲気だが寂れている感じはない。半島特有の穏やかな気候も気に入って物件を探したと後で聞いた。海に囲まれ、歴史ある土地だから散策できるところがあちこちにあるため退職後のことを考えたらしい。

四年生になって、少しの教職課程科目と卒論の授業だけになって一限の授業がなくなった。お袋のマンションから通っても長い通学時間が負担ではなくなって下宿を引き払った。俺用の部屋が空いていたし、下宿の部屋代がもったいなかった。

ママチャリは大学の駐輪場に置いて、何度か近場へのママチャリサイクリングに行った。夏が近づくと四年生しかいない似非サークルのメンバーは就活まっさかりになり、大食堂のいつものテーブルに集まるメンバーはほとんどいなくなってサークルは有名無実と化した。

同じ学年の亜弥と会う回数が増え、亜弥も就活に励み始めたが、俺はどこか他人事の気分で周囲の力の入った就職活動を引いた気分で見ていた。仲間たちがそれぞれに希望職種や大企業指向を話すことに上辺では話を合わせたが内心同調できず、結局東京支所勤務ということと、同じ顔ぶれでデスクワークをするよりも、一人で外回りする方が気楽だと安易に考えて中堅文具卸会社の営業職を選んだ。大した意欲もないまま受けて内定をもらっても特段嬉しくもないまま、その後にろくな準備もしなかったくせに中学校社会科の教員採用試験を受けた。教育実習で担当してくれた先生の影響だけで受験する気になった。自分の煮え切らない性格がもろに露呈した。採用試験に通ったら行くし、不合格だったら内定をくれた文具卸の営業でいいと漫然と考えていた。根を詰めて自分の適職探しをして迷う面倒くささを避けた。根を詰めて考えたって自分が納得できる結論なんて出ないし、出せない自分にまた直面する。高校入試の学校選びのときも高二で理科系か文科系かのクラス分けも大学受験も、お袋に「それでいいじゃない」と言われて決められただけだ。だが、就職のことはお袋の意見を聞かなかった。

亜弥は自分の希望を叶えるために周到な下調べをして動いていた。亜弥のフランス好きは揺るがない嗜好であることは承知していたから、脇目もふらずに動き回る真剣さを見守るしかなかった。その姿に「じゃあ俺も」と同調すれば良かったのかもしれないが。

中学校の頃からだ。クラスや部活で「盛り上がる」興奮状態が苦手で、つい一歩引いて輪の外側に立つことが多くなった。人が興奮している状態が嫌というより怖かった。

大学一年生の授業で児童虐待についての講義を受けていたとき、興奮状態を嫌う俺の感性は、夫婦げんかで父親の怒鳴る姿をさんざん見せられたことに原因があるのではないかと思い至った。父親は俺に厳しかったり邪険にしたりしたわけではない。普段はとても静かな人だったから豹変したように見える顔と声に俺はひたすらおびえた。

原因に気付いたからといって、大学祭でバンドメンバーが「盛り上がっていこうぜー」と呼びかける声に揃って反応するようになれたわけではないし、できるようになりたいとも思わなかった。自分の性格なんだろうと諦めていた。

亜弥が一貫してフランスに近付けるような会社で仕事をしていくことを人生設計に織り

込んで就活に挑んでいる意気込みを肯定はしてもシンクロしない俺は、傍から見ればへそ曲がりとも天の邪鬼とも見えただろう。だが実は俺が優柔不断なだけであり、亜弥の燃やす炎であぶり出されて、どこかでお袋から離れ切れていない自分を見せつけられる嫌悪感があったからだ。お袋の意見を聞かなかったことは意地を張っただけだ。

当然教員採用試験には落ちた。文具卸会社の仕事が始まっても気分的には半身の姿勢で仕事を続けている自分から抜け出ることができなかった。仕事なんてこんなもんだろう。金のためだ。毎月給料が入る。自宅通勤だからその給料の使い方も自由だった。学生時代のバイト代とは大違いの可処分所得だった。だが大半の時間が自分の裁量で過ごせた学生時代と違い、勤務日にはほとんどの時間を仕事に奪われる。当たり前のことが予想以上に苦痛だった。仕事が熱中できるほど面白く感じられたら違った毎日が過ごせたはずだ。俺が仕事のイメージも掴もうとしないままいい加減な気持ちで就職したからだ。他人の気持ちに無関心な同僚には気付かれなかったが、帰宅して愚痴る俺に、お袋が「後悔先に立たず」とよく諭した。

亜弥と待ち合わせて渋谷の交差点の坂を上ったところのラブホに入った日のことが記憶に焼き付いている。あの日からおかしくなった。

「諒くんはまじめでおっとりしているでしょ。パドックを素通りしていきなりゲートに入れられて鞭を入れられたお馬さんなのよ。手抜きができないから余裕のないまま全力で走らされて仕事が楽しいわけないし、疲れるのは当たり前よ」

シャワーから出てきた亜弥の張りのある声がベッドに伸びている俺を評した。つい十分前に「ああ良かったー」と目を閉じて裸を曝していたのに、もうエネルギーを充填し終えたように元気になっていた。

梅雨明けして悪魔と化した陽射しの中を外回りで一日を終えたら元気なんか出ない。亜弥は小さいながら、希望して入社したヨーロッパワイン専門商社の仕事にどんどんのめり込み、楽しそうな話をまた聞かされた。

亜弥はセックスして満足できるとよけいに元気になって前向きになるようだった。亜弥しか知らない俺は女性全般がそういう動物かどうかは知らない。俺はセックスが終わればそのまま眠りたくなるだけだ。亜弥の励ますような言い方にそのときは生返事を返したが、記憶に刷り込まれてじわじわと俺の気持ちを萎えさせた。亜弥は俺のはるか先を走っている。先を走るゆとりで行き先の見えないレースに出ておろおろしている俺を励ましているようなイメージにとらわれた。記憶に惨めさが蔦のように絡みついた。

駅までの帰り道も亜弥は元気で、仕事の先行きを語り、俺は気のない相槌を打つだけだった。自分も頑張ろうとも思わず、居心地の悪さを感じながら早くこの場を離れたかった。並んで歩く亜弥の顔を見ないで坂を下った。それが去年の夏だった。

就職してからは毎週というわけではなかったが、亜弥と連絡を取り合って、会えるときには必ず会っていた。あの日から亜弥と会うたびにそれまで感じたことのない苛立ちが湧いてきて、亜弥に不機嫌さをぶつけてしまうことが増えた。

亜弥がワインの売り込みでレストランやホテルのソムリエやシェフに営業をかけていることも知っていた。亜弥は俺の前では愚痴めいたことをほとんど言わなかった。亜弥は嫌な扱いを受けてもそれ以上に仕事を楽しめていたのだろう。

俺は亜弥の前で弱音や愚痴を吐き尽くせなくなった。そのせいで不機嫌になる自分が情けないと感じ、幼稚な感情が始末に負えなくなった。亜弥が堅実に前に進んで行く姿が眩しく、目を逸らし続けた。亜弥の視線の前が居づらい場所に変わっていった。だったら亜弥の前で愚痴らずにいられるようにすれば良いだけの話だ。そんなことは分かっていた。どうすれば？　が分かっていなかった。「亜弥、俺はどうしたらいいと思う？」って訊けるか？

亜弥はそんなことを訊かれたとしても俺に呆れたりしない。たぶん的外れでも一生懸命考えて、俺にアドバイスをしただろう。そんなやつだ。分かっていたから訊けなかった。

男の沽券《こけん》に関わると自分に向かってつぶやいていたが、本当は俺という人間の芯がとても細くてヤワである現実を見たくなかっただけだ。亜弥の芯はしなやかで撓《たわ》んだところで決して折れそうもないととっくに気付いていた。学生時代はそれが魅力で、一緒にいる時間は心地よい安心感があった。

最後に会った日の別れ際、

「今度は諒くんから連絡ちょうだいね」

亜弥はそう言ってじっと俺の目を見た。それから身体をくるりと回して顔を上げ、膝を伸ばして歩き去った。

俺の方から誘わなくなって、会っても俺が不機嫌そうなそぶりをちょくちょく見せるようになったのを亜弥は察していた。あの日以来亜弥は何も連絡してこなくなった。俺は自分から遠ざけたくせに何も連絡を寄こさなくなった亜弥に時々腹を立てた。かといって亜弥が言ったように俺の方から連絡を取ろうとはしなかった。会ったところでまた自分の感情コントロールがきかないまま無愛想になるだけだ。

二

百合おばさんのスナック『アローボウ』は小弓浜駅近く、高架線路の土台のコンクリート壁に沿った細い路地の奥にある。ガード下の葬祭場の脇から入る路地は葬祭場の敷地が出っ張っているため、鈎《かぎ》の手になって見通せない、知る人ぞ知るスナックだ。駅と反対方向にあるマンションから歩いて十分とかからない。

百合おばさんは、娘の茉莉ちゃんの中学入学に合わせて東京からマンションに越してきた。ほぼ同時に居抜きで小料理屋だった空き店舗を買い取って『アローボウ』に改装した。

おばさんは結婚歴がないシングルマザー。マンションとスナックの資金は、お父さんの遺産で賄ったらしい。おそらくお袋は俺に話していること以上に詳しく中棲屋家の事情に通じている。我が井之川家の情報のほとんども百合おばさんは知っている。俺が会社を辞めたいとお袋に話した頃からおばさんは全部の事情を聞かされているに違いない。

月曜日、午後四時に『アローボウ』のドアを初めて開けた。通勤に使ったワイシャツとこざっぱりしたズボンをはいて来ればいいと服装指導を受けていた。

左側のカウンターに八脚のスツール、右に四人掛けのテーブル席が三つ。奥行きのある店内は間口の幅からすれば意外と広く感じる。

「この店はね、常連さん以外は駅の周りにある居酒屋で飲んだグループの飲み足りない人や、居酒屋で大騒ぎしているグループが嫌いで静かに飲みたい人が来る店なの。難しいカクテルなんてほとんど注文しないし、カクテルを飲みたいと言われたらここのメニューから選んでもらうのよ。五種類だけだから」

俺は本格的なカクテルなんて飲んだことはない。シェーカーを振って作る酒がカクテルと思っていた。五種類は用意されているレシピ通りメジャーカップで量ってジンやウオッカとリキュールをミキシングスプーンで混ぜればできるものだけだった。

「ビールは小瓶だけ。ウィスキーは三種類で、ただ水割りって注文するから、そしたらこれで作るのよ。ロックもハイボールもこれ。この角が基本。たまにストレートの注文があるわね。そのときはお冷やを一緒に出してね。ここにグラスを押し付けて出た量がシングル。ミネラルウォーターとソーダ水は濃くとか薄くとか言われたら調整するけどそうでなければ上の氷にかかる程度。スプーンで簡単に混ぜることを忘れないでね。高いウィスキーとかバーボンは直接このメジャーカップで量ってね。ほとんど出ないけど」

百合おばさんはそこまで一気にしゃべってじっと俺の目を見て俺の理解を確かめた。次に焼酎の説明を始めた。背後の棚に並ぶリキュール類、カウンター下の小さな冷蔵庫のウーロン茶とレモン、お湯割りの作り方の手順を説明して、ウィスキーと焼酎が十数本並んだキープ用ボトル棚の名札の見方を説明した。

「どう？　簡単でしょ。後はグラスの違いと、お通しの出し方ぐらいね」

そんな言い方をされたら「なんとかできそう」と答えるしかない。ここまできて「無理だよー」なんて言えっこない。百合おばさんは俺のトリセツを熟知している。

四時に店に来てたった一時間でメニューにある五種類のカクテルの作り方までを実際に作って教えてくれた。俺がまず覚えなければいけないのは背後の棚のいろんなグラスとボトルの置き場所だ。

俺はこれから二週間、毎日四時に『アローボウ』に出勤し、代金計算も覚えて急造バーテンになることになった。内心「大学祭の模擬店やるみたいな安直な準備じゃないか」と不安だらけだった。

「それからね、そのうちこの店を閉めることは内緒。私がいないときは田舎の母の面倒を見るため。諒クンは遠い親戚の子で住まいは線路沿いに行った明神中学の傍って言いなさい。あの辺に木造アパートの古いのが何軒かあるでしょ」

「そう言った方がいいの？」

「そっ、マンションの隣なんて言うと面倒くさいことになるからね。今に分かるわ。それも勉強よ」

最後の「それも勉強よ」で察した。やっぱり百合おばさんはお袋と共謀して俺の社会教育を兼ねてここで働かせようとしているんだろう。薄々気付いていても反抗心が起こるほど若くもないし、俺は自省の真最中の身分だし。

五時の開店時間前、日焼けしてがたいのいい五十ぐらいのごっつい顔をしたおじさんが入ってきた。おじさんは数歩歩いてカウンターの中の俺に気付いてぎょっとして立ち止まった。太い指で俺を指して、

「ママこれだれ?」

言い方に棘があった。俺は頭を下げた。すぐにおばさんが、

「ああ、ガンチャンいらっしゃい。親戚の子。週末だけ手伝ってもらうの。しばらくは見習い」

ガンチャンは納得いかぬ表情でゆっくりカウンターの中ほどに座った。

「ガンチャン、今日は釣り船出したの?」

お通しを置きながらおばさんが声をかけた。返事を聞く前に七十過ぎの短い白髪頭のお

じいさんが入ってきた。ガンチャンの横に立って俺を見て、

「おっ新人か？　いよいよママにも若いツバメができたか」

にやりと笑ってガンチャンの隣に座った。おばさんはガンチャンと同じ説明をして、俺にビールの栓を抜くように指示した。一気に緊張した。大の大人が目の前で俺の動きを見ている。そもそも俺には大人の男に苦手意識がある。

ガンチャンはにこりともしない。さすがに俺にも分かった。ガンチャンは感情が表に出やすい人なんだ。焼き餅だ。後から来たおじいさんは小柄で色白。ガンチャンは顔も腕も真っ黒に日焼けしている。身長よりも横幅の方が大きく見えるくらいにがっちりしている。二人が並ぶとガンチャンはおじいさんの身体の倍くらいあった。

居酒屋は不特定多数を客にしているが、こんな目立たない場所にある小さなスナックは常連をどれだけ抱えるかが大事なんだろう。百合おばさんは近所のおばさんがしゃべる調子でぽんぽん客に話しかける。これがこのスナックの魅力の一つだってことはすぐ分かった。おばさんが話しかけたとたんにおじさんたちの表情が緩む。そりゃそうだ。何しろメイクした百合おばさんはものすごい美人なのだから。

おばさんは店を閉めた後、持ってきたにぎりめしを出して、お通しの残りや冷蔵庫からおかずになりそうなものをカウンターに手早く並べて夜食を用意してくれた。俺が食べて

いる間、洗い物の片付けをしながら今日来た客のことを教えてくれた。ガンチャンとおじいさんは常連で三日とあげず来てくれる。ガンチャンは遊漁船の船長。おじいさんは商店街の酒屋の大旦那で、店を息子に任せてなかば隠居。

常連は名前を覚えて話し相手になることができないと常連客ではなくなる。名前を覚えると、勘定を間違えることもなくなるとおばさんは言う。俺は気持ちが萎えた。俺に常連客の扱いは無理だと言おうとしたら、

「諒クンは名前が分かる程度でいいからね。長くやるわけじゃないし」

仕方なくグラス洗いに立った。おばさんが気遣ってくれたから少しほっとしたが、気持ちはすっきりしない。客に気配りすることに自信がない。

俺が三年間暮らした学生アパートは壁が薄く、物音が筒抜けでプライバシーのない部屋だった。だがほぼすべての住人がそれを嫌がるよりも楽しんでいるタイプで落ち着かない毎日だった。結局亜弥が部屋に入ったのは一度だけだった。何しろ亜弥が部屋に入ったとたんに両隣のやつらが急に物音を立てなくなったくらいに音が筒抜けだった。彼らが聞き耳を立てていることが分かっていたから期待になんか応えてやらなかった。

引っ越しの際にお袋が作ったレシピをたくさん渡され、昼食以外は自炊を基本にしろと

しつこく言われていた。何しろお袋は管理栄養士の資格で採用された県の公務員なのだ。プライドがある。料理もうまくて毎日の飯も学校に持っていく弁当もバリエーション豊かでうまかった。

自炊に慣れてきて知った。食事の支度中と食後に食器を洗っている時間は他の部屋の物音が気にならなくなり、考え事ができるのだ。お袋も調理時間にいろいろなことを考えていたのだろうかとシンクに向かう後ろ姿を思い浮かべた。俺の小学校卒業からずっと一人で俺を育てていたんだと改めて考えたのは狭いシンクの前だった。あれが俺の遅い母親離れの始まりだったのかもしれない。

大学に入ってからはアルバイトのためあまりお袋のマンションに帰らなかった。そのブランクのせいか四年生で同居するようになってしばらくはお袋が変わったなと思うことがしばしばあった。俺が中学高校時代の頃のお袋と比較すると若返ったというか、考え方が前向きで、「気にしない、気にしない」とよく言うようになり、おおらかになったことが大きな変化だった。以前は考え込んだり、ぴりぴりしていたり感情の波があった。離婚したことが気持ちを不安定にしていたと思う。

初めの頃は俺が戻ってきたからはしゃいでいるのだと思ったが、百合おばさんのせいではないかと思うようになった。今ではその見方が確信になっている。人間はお袋の年になっても変わるものだ。お袋自身が「百合ちゃんって本当に面白いわ。今までのどんな友達よりも話が面白いのよ」と嬉しそうに話したことがある。実際二人でおしゃべりしている場に何度も同席してきたが、お袋は俺が傍にいることを忘れているんじゃないかと思うくらいにおばさんの話に夢中になって、大声で笑う姿を何度も見てきた。百合おばさんもきわどい話も交えて話の内容に遠慮はなく、俺たち親子と一緒に大きな笑い声を上げる。お袋を元気にしてくれた百合おばさんには密かに感謝していた。たとえ気乗りしなかったとしても、『アローボウ』の手伝いを引き受けた以上、短期間でも百合おばさんの足を引っ張ってはいけないと責任感も湧いていた。

「おばさん、他の常連も一通り名前というかこの店での呼び方をまとめて教えてよ。覚えるから」

いくら短期間でも目の前の椅子に座る客なんだから、話をしないわけにはいかないだろう。

「無理しないでいいのよ。……でもそうか、早く名前を覚えておいた方が楽かもね。じゃ明日メモにしておくわ」

お袋は天気がいいから掃除が終わったら洗濯をしておくようにと言い置いて出勤した。

それで洗濯物をベランダに干していたら、仕切り板の横から百合おばさんが顔を出してプリントした常連客リストを手渡した。

「部外秘よ。お店に持ち込んじゃだめよ。これ以外にも常連に近い人がいるけど、顔は分かっても、名前を知らない人が結構いるのよ。それは省略」と切れ長な目尻に皺を集めてから首を引っ込めた。このマンションは各階二部屋の細長い七階建てだから、気遣いなくベランダの仕切り越しに隣同士の付き合いができる。

百合おばさんはアマチュア劇団を今でも続けているはずだ。今までに脚本もいくつか書いたことがあるらしい。リストの解説は面白かった。簡単な特徴と呼び名だけを期待していたのに、これではどうしたってその都度このプリントと照らし合わせをしたくなってしまう。百合おばさんの男性観を踏まえた観察記録みたいになっていて、おばさんは面白がって書いたに違いない。

〈百合恵メモ〉

佐久間岩男：ガンチャン。五十代後半。色黒でがっちり体型。短髪。釣り船の船長。苦労人。父親の急死で高校中退。母親と二人で蛸漁を継ぎ、後に釣り船に転業。小学生だった妹と弟を育て上げる。妹は同業者の妻で近所に住む。弟は大学を卒業し、横浜で小学校教師。酔うと自分の苦労多い生い立ちをくどくど繰り返す。独身。片思いの恋は数知れず。同棲経験もあるがすべて逃げられる。しらふでは人見知りが強く、昔からの知り合い以外には無愛想。東京湾の南部について詳しく、釣り客の信頼が厚いらしい。暴力や店内の物を壊すようなことはしない。酒量は常にチェックする必要あり。声が大きくなったらストップを掛ける。言うことを聞かないときは「出入り禁止」と脅すこと。

笹井清一：大旦那。七十代半ば。色白小柄。商店街の越後屋酒店大旦那。店は息子が仕切っている。七、八年前に大型スーパーとホームセンターが出店したため、経営が厳しくなり息子に引き継がせた。以前は近隣の飲食店の酒の納入を一手に引き受け、個人宅への配達範囲が広く、店員も雇っていた。若い頃から散財することなく資産を作ってきたため、生活の心配がない。奥さんはまだ店の手伝いをしている。夫婦仲は良さそう。奥さんに頭が上がらない。ガンチャンが『アローボウ』に来るときに必ず酒屋に立ち寄って誘うらしい。面倒見のいい穏やかなおじいちゃんになりつつある。それだけに話が常識的で面白くない。『アローボウ』に酒を納めているから飲みに来ることを奥さんが黙認している。

昨日来た常連の分を読んで顔が鮮明になった。でも会社グループの説明の中で、昨日来た三人組と四人組のサラリーマングループの説明文はどれか分からない。ガードをくぐって少し行った奥浦町に工業団地があって、中小の工場が多く、小弓浜駅から通う社員が多い。そこの工場のグループらしい。

〈百合恵メモ〉

相和工業グループ：声の大きな人が多く威勢がいい。工場内が機械音でうるさいらしい。酒好きだけが残って二次会にやって来る。

浜釣グループ：若手と中高年のグループあり。釣具の開発で有名。若手は華奢なオタクっぽい社員が多い。

犀金属工業グループ：社員は少ない。七十代の社長が名物。社員の年齢がばらばら。作業着で寄ることも多い。社員の仲が良さそうで、話題が憂さ晴らしというよりもインテリっぽく、肉体労働者の雰囲気ではない。重機のオペレーター集団といったところ。

〈他にも国や企業の研究所や地銀や信金を含めていくつかのグループがある。『アローボウ』に来るのは同じ顔ぶれ〉と書いてある。

駅中心にあちこちにある大小の飲み屋と比較すると『アローボウ』は目立たない場所の小さな入り口の店だ。カラオケはないし、値段はさほど安くない。でも昨日カウンターに座ったおじさんが同僚らしい連れに「この店はお通しがうまいんだ」と二品のお通しをうまそうに食べていた。昨日はひじきの煮付けと鯵の山家《さんが》焼きだった。百合おばさんは、お袋の助言もあって安い材料でうまいつまみを日替わりで出している。ママが美人で気さくでお通しがうまければ常連もつくはずだ。

金曜日に、やっと常連リストの残りの二人と準常連リストの一人がやって来た。

「長谷川さん久しぶりね。出張でも行ってきたの？」

「北海道、二週間」

ぶっきらぼうにおばさんの顔を見ないで答えながら一番入り口に近いカウンターの隅に座った。

〈百合恵メモ〉

長谷川さん：四十歳前後。自衛官。鍛えた体格。かなり階級が高いらしい。通信隊の中にある養成学校の教官らしい。官舎暮らし。出張が多い。無口。たぶん独身。人と群れるのを嫌う。常連の話題に積極的には加わらない。しゃべらなくても機嫌が悪いわけではない。冬でも薄着。いつも一人で来てカウンターで黙って飲む。自意識過剰か本物の冷徹者か不明。

「やー疲れたよー。キャベツの収穫でさあ」と言いながら入ってきたおじさんは八代さんだとすぐ分かった。日焼けしているし、レジ袋に小さいキャベツを三つ入れておばさんに手渡した。

〈百合恵メモ〉

八代さん：六十代後半。頭髪が寂しくなっている。台地上の大きな野菜農家で息子二人が経営の中心。息子の嫁に車で送られて来る。帰りはタクシー。奥さんは放任している。出荷できない規格外野菜を持ってきてくれる。小心者だがたまに『アローボウ』に来る振りをしてそのまま駅から横浜方面に出かけて風俗遊びをしている模様。怒る姿を見せたことがない。酔うと饒舌になるが人の良さは変わらない。

長谷川さんはお通しをうまそうに平らげてから水割りのグラスを見つめてじっと座っている。カウンターの常連客の話に加わらず、でも耳を傾けている風だ。機嫌が悪そうには見えないが表情が変わらない。

最初に来た酒屋の大旦那はできあがって、連れてきた八百屋の主人を俺に紹介してから、商店街の昔話を始めて盛り上がっている。八百屋のおじさんはビールだけで顔が真っ赤だ。サラリーマンの花金だからか、テーブル席に四人組が座ってボトルを置いて水割りを作りながら飲んでいる。八時を回ったところで、ベレー帽にダブルの背広、ハイネックのアンダーを着た恰幅の良いおじさんが入ってきて、八代さんに声をかけて隣の一番奥の椅子に座った。ベレー帽だからメモにある準常連の山本さんだろう。

〈百合恵メモ〉

準常連

山本さん（たぶん偽名）：六十代後半。総髪、眼鏡。今年三月下旬に初めて来店。浮いた服装で登場。入って来たとき全員沈黙。カウンターに座り、第一声が「焼酎のお湯割りおいくら？」だった。その後週に二回程度。美大の教授を退職し、岩見崎トンネルを出たところにアトリエ用の家を借りて住み始めたと言っている。酔っていなくても相手をするのにうんざりするタイプ。酔うと話し相手になることがもっと苦痛。異常に幼稚な男。十時三分の終バスに間に合うように帰る。

山本さんに続くように三人組のグループが慣れた様子で空いているテーブル席に座った。背広姿が一人で若い二人は作業着姿で疲れ切った様子だった。おばさんはカウンターを出て「今日も残業？　お疲れ様」

声をかけておしぼりを配った。おばさんが振り向いて、

「諒クン、ビール三本ね」

冷蔵庫から冷えたビールとグラスをトレイに載せて運んだ。おばさんが俺を簡単に紹介し、「犀金属工業の方たち」と引き合わせた。若い社員の一人がじっと俺の顔を見上げている。

「井之川……諒ちゃん？……じゃない？」

俺はかがんでグラスを配っていた。照明が暗い中、声で記憶が蘇った。

「……哲ちゃん？」

勝手に俺の口が反応した。中学一年と二年で同じクラスだった田中哲夫じゃないかと確信のないままじっと顔を見た。

「あらお友達？」とおばさんが俺に訊き、哲ちゃんの同僚は「奇遇か？」と訊き「中学んときの親友」と哲ちゃんが答え、場がにぎやかに明るくなった。

俺は「哲ちゃん？」の次の言葉が出てこなかった。目の前の人間が本当に哲ちゃんかどうか不確かで記憶を呼び戻してしばしじっと顔を見つめた。声と目鼻立ちにははっきり面影が残っている。ただ中学時代の姿からすると、肩幅がこんなに広くがっちりした体格に結びつかない。過剰なくらいに思える気遣いをして、時におどおどしているように見えた中学生の頃とは全く別人で、足を広げてソファーに座る姿に風格があった。俺よりずっと大人に見えた。

中学一年と二年のとき同じクラスになって、俺の部活の時間以外にはほとんど二人で一緒にいた。哲ちゃんは俺の部活が終わるまで図書室やグランドの隅で待っていてくれてよく一緒に帰った。

哲ちゃんは三年に進級する直前に引っ越しで転校した。別れた日がリアルに思い浮かんだ。もうすぐ二年の学年末という日だった。

担任が朝のホームルームで哲ちゃんが転校することを話し、昼休みで早退するからそのときに挨拶してもらう。昼休みは教室にいるようにと指示したのに、みんなが弁当を食べ終わっても担任が教室に来ない。哲ちゃんは早く帰らなければいけないと焦っていた。クラス全員が昼休みなのに遊びにも行かずに担任を待っていた。昼休みの終了時刻が迫ってきて、気の良い目立ちたがり屋の瀬山ってやつが哲ちゃんを黒板前に引っ張っていき、前振りをして哲ちゃんに挨拶させた。クラスの生徒は静かに聞いて拍手をした。俺は担任を呪った。哲ちゃんがまぬけ担任から無視された。そしてその瀬山と俺の二人だけで昇降口まで哲ちゃんを見送った。昼休み終了の予鈴が鳴った後で、校庭には誰もいなかった。砂埃が哲ちゃんの足元に舞っていた。肩幅の狭い小柄な後ろ姿が小さくなっていく光景を鮮明に覚えている。そのときの哲ちゃんが小さいままで俺の記憶に定着した。若い女の担任はいわゆる天然ボケのところがあって人気があったが、俺は怒りで身体が震えることを初めて知った。心底怒っていた。俺は哲ちゃんがかわいそうで、俺が悪いことをしているようで泣きそうになりながら見送ったのだ。

哲ちゃんから「こっそり引っ越すから転校する」と数日前に聞いていた。そのときに「お父さんに知られないようにしなくちゃいけないんだ」とよく理解できないことを言われ、俺は新しい住所を訊いてはいけないのだと悟ったが、驚いたのと哲ちゃんがいなくなる心細さでかなり動揺した。「どの辺に越すの？　遠いの？」哲ちゃんは言いにくそうに口止めをしてから、「隣の市。行ったことないからどの辺か分からない」とそこまでは教えてくれた。そのうち哲ちゃんの方から連絡をもらえると思い込んでいた。その後連絡のないまま中学時代の親友の哲ちゃんは記憶の奥底に沈んだ。

哲ちゃんの会社のグループはおばさんが運んだお通しをほおばりながらビールを飲んで、仕事の段取りを話しているようだった。

「諒ちゃん、いつもこの時間にいるの？」

同僚と一緒に立ち上がった哲ちゃんが近づいて、カウンターのはずれの飾り壁の後ろから俺を呼んで小さな声で訊いた。しばらくは毎日いるが、再来週からは金土の二日だけになる予定だと伝えると、哲ちゃんは会社の名刺を出して裏に自分の携帯番号を書いてくれた。俺は哲ちゃんの出した手帳に俺の番号を書いた。

中学の頃、俺も哲ちゃんも家庭内の問題で辛かった共通点があった。暗い気持ちで過ごしていた俺たちは互いに家の事情をはっきりとは明かさぬまま、でもどこかで互いに察し、いたわり合っていたような付き合い方をしていた。

寂しそうに校庭を歩き去って行く親友哲ちゃんに何もしてやれず、俺は負い目を抱えていたことも思い出した。哲ちゃん出現の衝撃で、準常連の山本さんが俺に話しかけてくるのが鬱陶しくて曖昧な返事しかしていなかった。

その晩百合おばさんのリストでよく分からない山本さんの人物評を改めて読んだ。話相手をすることが苦痛とはしつこく話しかけてくることなのか、今ひとつぴんとこない。はっきり分かることは百合おばさんがこの山本という人が好きではないということだ。

三

「起きてた？　哲夫だけど」

哲ちゃんから翌々日の日曜日に電話があった。朝十時過ぎだった。ベッドの中でスマホをいじっていたときだ。

「今現場から会社に戻るとこなんだ」

「えっ、哲ちゃん日曜出勤なの？」

「この現場今日で終わり。リサイクルに回す物を積んで会社に戻るとこ。だから午後、諒ちゃんが空いてたら会えるかなと思ってさ」

声と話し方が中学時代の哲ちゃんだった。

「分かった。大丈夫。哲ちゃんが会社を出るときにまた連絡してくれる？」

飛び起きた。浮き浮きしてきた。大学時代の友達に会うときと全く違う。

百合おばさんとお袋の声がする。廊下に煮物の匂いが漂っている。リビングを覗くと、ガスレンジの前で二人がまじめな顔して料理している。『アローボウ』で出すお通し研究会だ。

俺はテーブルに並ぶカンパーニュとお袋手作りのジャムとサラダ添えスクランブルエッグで食事を始めた。百合おばさんがメモ帳にレシピを書き込んでいる。また『アローボウ』にお通しの新作が登場するのだろう。今日の食材は鰹だ。おばさんは冷凍保存にこだわっているからおばさんがいないときに出すお通しの試作だ。そうすると俺にも関係がある。できあがった試作品の味見をさせられた。濃いめの味付けで生姜が利いている。

「今日昼から出かけるから」

「あら珍しい。どこに行くの？」

「中学の友達に『アローボウ』で偶然会ってさ、久しぶりに二人で会うんだ」

百合おばさんが「犀金属のあの子ね」と加わった。おばさんの好奇心が発揮されて、哲ちゃんの話を根掘り葉掘り訊かれた。

「そうだぁ、諒の中学時代は私がかりかりしていた時期よねぇ、諒には辛い時期だったかもねー」

お袋は少し寂しそうにつぶやいた。

「十年以上も会っていなかった親友でしょ。日曜だからどこに行っても人が多くて落ち着かないわよ。『アローボウ』を使ったら？」

「えっ？」

「鍵、持ってるでしょ？　終わったら片付けておいてくれればいいから。閉店の札を出したまま鍵閉めておけば誰も来ないし。飲み放題よ。冷蔵庫にお通しの残りがあるからそれも食べていいわ。他のお客には内緒よ」

百合おばさんのご厚意に甘えて、午後哲ちゃんと『アローボウ』で会うことにした。

「スナックの貸し切りかー、すげーなー」と言いながらにこにこ笑って哲ちゃんが入ってきた。現場帰りらしく、ヘルメット跡のついた脂っ気のない長髪で、作業着姿に手ぬぐいを掴んでいた。

スツールを持ち込んでカウンターを挟んで哲ちゃんと向き合った。遠慮なくビールを出して乾杯してはみたものの、何から話していいか分からない。昔話をしたかったが、カウンターを挟んで久しぶりに顔を合わせると顔は笑っていても互いに照れくさく、つい目を逸らしてしまう。

「哲ちゃんの会社、休日出勤はよくあるの？」

「昨日までちょっと大きい工場の解体があってさ、跡地に建てるマンション工事が明日から始まるんで最後の片付けだよ。昨日の夜八時までやってだいたい終わったんだけど、片付けだけ今日に回したんだ」

金曜日に三人で来たときに疲れ切っていたのも同じ現場なんだろう。

「仕事、こき使われている感じ？」

俺は自分の二年間の会社経験を思い出して訊いた。

「そんなことないよ。今回は天気が悪くて遅れたせい。……俺んとこ、工場や大きい建物の解体とか金属リサイクルが専門だから汚れるし、人気のある職種じゃないじゃん。でもさ、この前も漁船の解体があったんだけど、同じ仕事はほとんどないんだよ。それが面白くってさ」

それからどんな仕事をやってきたかの話がしばらく続いた。聞く機会のなかった興味深い面白い話だった。再会した哲ちゃんには今の仕事に誇りがあることがよく分かった。反して俺の方はさえない報告をしなければならなかった。哲ちゃんの誇りを持てる仕事が羨ましかった。

「諒ちゃんは頭いいんだから何でもできるよ。資格試験みたいなやつなら何でも取れちゃうんじゃないの?」

哲ちゃんは目下プータローの俺を見下すかけらもなく受け止めてくれた。昔も優しいやつだった。ビールから焼酎のお湯割りに替えて、ようやく二人とも饒舌になった。グラスを持つ哲ちゃんの手はごつく、力仕事向きになっていた。

中学時代の思い出話は同級生の話から始まった。そして哲ちゃんは転校した日のことを覚えていた。

「あのときの担任は、今考えると苦労知らずのお嬢様だったんだなきっと。俺の家の事情なんて想像つかなかったんじゃないかな。あの日に諒ちゃんと瀬山だったっけ、二人で見送ってくれたから救われたよ」

やっぱり哲ちゃんは傷付いていた。

「あのときさぁ」と、続けて家の事情を明かしてくれた。

中学に入ったばかりの頃、父親がリストラされて家でぶらぶらした後、転職してから晩酌に酒を飲んでは暴れるようになって、二年生の頃は毎日のように母親に暴力をふるうようになった。

「家で晩ご飯を食べるのが嫌でさぁ。俺はいつも親父の顔色を見ながらびくびくしながら食ってたよ。それがまた親父の癇に障るらしくて、しけた面すんなって俺を殴るようになってさ、それでお袋は逃げようと決めたらしいんだ」

哲ちゃんの母親の弟が独立してラーメン屋を始めていた。転校の日、母親と哲ちゃんはラーメン屋の二階にこっそり引っ越すため叔父さんが車を用意して、荷物を積んで待っていた。

「あのときの担任、思い出すと今でも許せないな」

俺は悔しさを思い出した。あの日、担任は帰りのホームルームで、「先生昼休みに田中君のこと忘れちゃったー。悪いことしちゃったわ」みたいな反省めいてはいるが、甘えたような表情で軽い言い方をした。クラスの生徒はそれを笑いにして終わった。俺は担任をずっと睨み付けていた。まぶたの縁に涙が湧いていた。担任は俺の怒りに気付かぬままホームルームを終えた。

俺が大学四年になって中学校に教育実習に行ったとき、あの天然ボケの元担任がいても絶対に挨拶しねえぞと決意していたがとっくに異動していた。俺を担当してくれた社会科の四十代の先生があの担任のイメージを完全に上書きしてくれて、採用試験に通ったら迷わず教員になる気になったのだ。

哲ちゃんの両親の離婚は間に入ってくれる人がいて父親が押しかけてくることもなく無事成立した。でも父親からの経済的な援助はなく、叔父さんも開店資金の借金があり、二人目の子供が生まれたばかりだった。経済的には大変で、お母さんはラーメン屋の手伝いをして、哲ちゃんは定時制高校に入ってバイトをしながら通った。

そこまで哲ちゃんが大変な状態だったとは全く想像していなかった。俺は母子家庭になったのが小学校の卒業間近で、お袋が地方公務員だから経済的に辛い経験はなかった。

「昼間の高校の方が授業料も高かったし、今はただになったらしいけど……。高校の制服って高いんだよなー。体操服とか上履きとかいちいち金がかかるだろ。諒ちゃんサッカー部だったじゃん、俺は中学で部活に入らなかったろう。あれも家に金がなくてユニフォームなんかを買えなかったからなんだ」

「やっぱりな。……何となく分かってた。それって親父さんの転職と関係あったの？」

俺は人並みの小遣いをもらっていた。

「あるある、リストラされてやっと再就職した先の給料ががくっと下がったんだ。それもあるし、慣れない仕事でストレスもあってオヤジはお袋に当たり出したってことだな。……でも定時制は良い先生と友達がいたよ。制服もないし、よけいな金がかからないから何とか四年で卒業できた。今でもクラスの連中とは付き合いが続いているよ」

か細い身体だった哲ちゃんが変わったのはラーメン屋の二階で暮らすようになってからだった。

「俺さ、その頃にやっと成長期が来たみたいでさ、一年で十五センチぐらい伸びてさ、飯がうまいだろ。店の残り物だったけど、俺にすればごちそうの毎日だよ。どんぶりで飯を何杯も食ったよ。定時制へ行くようになって、力仕事のバイトもいろいろやってさ、身体がどんどんでかくなったんだよ」

哲ちゃんが嬉しそうに笑った。たぶん酔っぱらいのＤＶ親父から逃げ出して、伸び伸び過ごせたからだろう。

「定時制卒業するまでいろんなバイトをしたけど、三年生のときにクラスの女子が社長の奥さんの知り合いでさ、土日に人手のいる仕事があるときに手伝えるやつを紹介してくれと言われて、俺が声をかけられたんだ。後で訊いたら、クラスでまじめにきちんと仕事ができそうな男を探してくれって言われたんだってさ。その女子は二コ上の人ではほんとに良い人だった。……で、最初に行った現場が閉鎖した縫製工場でさ、大量の工業用ミシンを床から外して運び出す仕事だったんだ。トラックに積み込むんだけど、要するに倒産した工場だろ？　照明が少なくて暗いし、あんまり気分良くないよな。でもさ、ミシンは丁寧に積めと言われたから何でかって訊いたら、その中古ミシンは東南アジアやアフリカに輸出することになっているって言うんだよ。俺は粗大ゴミだと思ってたからそれを聞いてなんか嬉しくなったんだな。視野が広がったというか。ミシンが外国でまた活躍するんだからさ。俺らはそのつなぎ役じゃん。それから時々電話が来て学校が休みのときに手伝いを頼まれて、いろんな現場に行くようになったんだ。日当を、交通費別で一万円くれたんだよ」

それが縁で卒業と同時に犀工業の正社員になったとにこにこ話した。きっと哲ちゃんの人柄が経営者に気に入られたんだ。哲ちゃんはまじめに授業を受ける中学生だったし、家では勉強なんてできなかったはずだが成績はいい方だった。

波乱に満ちた哲ちゃんの転校後の話を聞いて、今の姿が納得できた。寂しげな後ろ姿だった哲ちゃんがこんなリア充な毎日を送っている。ホッとして嬉しかったが少し凹んだ。中学時代には互いに気遣いながら肩を並べて歩いていた。今の哲ちゃんは自分の道をしっかりはるか先を歩いている。

「諒ちゃん家もあの頃しんどかったんじゃないの？　お互いあんまり家のことを話さなかったじゃん。でも何となくお互いに分かっていたよな」

「なんかお互いに気遣っていたよ。だから俺たちあんまり伸び伸びしていなかったんだよな」

「俺たちは暗かった。たぶん」

今日は二人で笑えた。俺は哲ちゃん家よりも早く両親が離婚して、親父が出て行き、中一の頃は離婚調停でお袋がかりかりしたり逆にハイテンションだったり不安定だったことを明かした。あの頃は学校に行けば哲ちゃんに会えるから通い続けられたようなものだ。

「小中学生くらいのときに両親の仲が悪いのは辛いよな。俺たちは二人とも一人っ子だったし。でも諒ちゃんのとこは親父さんがお袋さんを殴ったりはしなかったんだろ？」

哲ちゃんはお湯割りをぐっと飲んで、俺の目を見ずに続けた。

「俺はお袋が親父に殴られたり蹴られたりしていても怖くてなんにもできなかったんだよなー。どう考えてもお袋が悪いなんて思えなかったけどさ。親父が怖くてやめてくれとも言えないで、機嫌を取るために親父と目が合うと作り笑いまでしてたんだよなー。思い出すと今でも自分が情けなくて頭にきてさぁ、大声で叫び出したくなるんだよ。今なら親父をボコボコにしてやれるけどな。……だから定時制に行って、バイトして少しだけどお袋にバイト代を渡せることが嬉しくてさ。親父からお袋をかばえなかったことが悪くってさ、大げさに言えば罪滅ぼしだな」

俺の方は中二になってしばらくして、たぶん調停が済んだからだろう、お袋との二人暮らしのペースができて落ち着いてきた。哲ちゃんの家がまだしんどそうだってことは、学校帰りの別れ道で遠ざかる哲ちゃんの俯いた後ろ姿で察していた。

俺も哲ちゃんも酒が入って、他に誰もいない『アローボウ』で子供時代にできなかった思いの丈を曝け出している。子供時代の俺たち二人に責任なんかないことでも、周りに知られないように家の問題を一人で抱え込んでいた。哲ちゃんの目が潤んでいた。それに気付いて俺もうるっときそうになった。背中を向けて酒瓶の棚からリキュールを選んでごまかした。普段注文のないカクテルを作ってみようと、ジンと数本のリキュールを出してよく分からないカクテルを作り始めた。

「哲ちゃんは俺なんかよりすごいよ。この前会ったとき、雰囲気が変わっちゃって田中哲夫ってこんなに逞しいやつだったっけって、しばらく本人かどうか疑ったよ」

哲ちゃんはおかしそうに笑って、

「俺はすぐ分かった。諒ちゃんは中学時代よりも洗練されたっていうか都会的になったけど、やっぱりまじめで優しい雰囲気は変わってないよ。……そうだ、この前一緒に来た背広の人、社長の息子で専務なんだけど、専務が俺にさ、この店のママと諒ちゃんの本当の関係を訊き出してこいって言ってんだ」

「若いツバメってか？　一応親戚ってママは説明してるけど、本当はマンションの隣の部屋に住んでいるおばさん。お袋とものすごく仲がいいんだ。とりあえず親戚のおばさんってことにしておいてよ」

「分かった分かった。この店はあの美人ママが看板なんだよ。専務が前から言ってる。俺も話半分に聞いてて、初めて連れてきてもらったのはだいぶ前だけど、びっくりしたよ。ママに話しかけられたときさぁ、あんまりきれいなんで俯いて目を合わせられなかった。ハハハ。気さくに話しかけてくれたんだけどな」

「メイク落とすとがらっと変わるけどさ、それはそれできれいですげぇ色っぽいんだ。でもさ、話の中身は幅が広くてさ。男勝り。部屋の中は壁一面に本がぎっしりあるんだぞ。アマチュア劇団やってて脚本も書くんだ」

「へー、すげぇじゃん。イメージ変わるなぁ。……諒ちゃんのお袋さんは確か栄養士で公務員じゃなかったっけ」

「よく覚えているなぁ。俺そんなこと話したっけ」

「うん覚えている。お袋に親父と離婚してくれって言いたかったんだけど、お袋はなんの資格も特技もなかったから、諒ちゃんのお袋さんが仕事を持っているのが羨ましかったからなぁ」

冷蔵庫にあったお通しの残り物で、少ししかない物から順に出して食べてもらった。

「この店のお通しはうまいってみんな言うぞ」

「お袋のアドバイスが入ってるんだ」

「なるほど。お袋さんは栄養士だもんな」

哲ちゃんはこれもうまいそっちもうまいと言いながら、俺が出す残り物を大口を開けて平らげてゆく。咀嚼しながら顔を上げた。

「うちの社長は今七十代だけど、今の会社を作った人なんだ。言うことが率直でさ、社員を増やした方が良いことは分かってるって言うんだよ。社員を増やせば給料を払わなければいけない。それが不景気になるとたんに経営を圧迫する。だから今いる社員を大事にするから、いろんな仕事ができるようになってもらいたい。そうすれば少数精鋭でやっていけるし、仮に自分が経営に失敗して倒産しても他で働けるって言うんだ。面白い人だろ。おかげで俺は何の免許もなしに入ったんだけど、普通免許から大型免許だろ、フォークリフトも、今じゃブルドーザーもショベルもクレーンも扱えるんだ。それからガス溶接講習も受けたしさ。中学の頃の俺じゃ考えられないだろ?」

おばさんのリストに名物社長ってあった。哲ちゃんはいい会社に入ったんだ。

「だから入社して二、三年はしょっちゅう免許の講習に通ったよ。金を出してもらってるからさあ、落ちたら申し訳ないから夢中で勉強したよ。……リサイクル関連の先行きは明るいと思うし、うちの解体で出たいろんなレアメタルは大企業でも欲しがるけど、景気が悪くなるととたんに売れなくなって在庫が増えるだろ。でも中小企業のいいところでさ、暇になって仕事の案配ができるときに交代でまとまった休みを取れるし、仕事が忙しいときはボーナスもかなりいいしね。その代わり新人は採らないから俺が今でも最年少。再雇用のベテランも含めれば十人いるけど、いつも専務を入れて八人で回しているんだ。この再雇用のベテランがすごい人なんだ。特殊な機械や飛行機のエンジンなんかが運び込まれると、それがどんな金属で組んであるか、ハンマーで叩いて音を聞いて、サンダーっていうヤスリを当てて火花を見ただけで分かっちゃうんだぜ。俺たちはその技術を盗もうとするんだけど、なかなかできるもんじゃないよ。経験ってすごいもんだよ」

哲ちゃんの話は自慢話ではなくて仕事に充実感を持っていることがよく分かる。俺は感心の「へー」と「ほー」のあと、頷くだけにした。目が潤んできた。よく分からない感情が湧いてきた。あのひ弱で寂しげだった哲ちゃんが大きくなって目の前で自慢するでもなく毎日の仕事を楽しそうに話している。哲ちゃんから滲み出る仕事への誇りが輝いて眩しいくらいだった。

中学時代の同級生の可愛い女の子の話が出て、それをきっかけについ訊かれるままに大学時代から付き合ってきたと亜弥の話をしてしまった。

「いろいろあって、最近会っていないんだけどね」

初めて他人に話した。

「振られたってこと？」

哲ちゃんが身を乗り出した。

「……そういうことでもないんだけどね……」

亜弥のことを口にして少し後悔した。自分の女々しさを曝すことになりそうだった。それは今の哲ちゃんの前ではすごく恥ずかしいことに思えた。

「哲ちゃんと女の話をするなんてありえないよなー」

俺はごまかしたくてのけぞって見せた。俺たちは中学生にしてはちびで幼稚な生徒と周りからバカにされていた。哲ちゃんも笑いながら、

「定時制にはさ、同じクラスに年上がいるのは珍しくないだろ。そこでお姉さんたちに教育されたから諒ちゃんより女のことは詳しいぜ」

哲ちゃんがからから顔付きに変わって胸を張った。

「若い女は年を取るほど男を捕まえられなくなるから自分の年をいつも考えてる。同じ年の友達が一人でも結婚すると急に焦り出すものなんだ」

哲ちゃんがこんな話し方をするようになるなんて、驚きでまぶたが引き上げられて目玉が大きくなる気がした。中学時代にはいつも伏し目がちで遠慮がちにしゃべっていたのに。

「うちの社長は世話好きでさ、取引先のいい子を紹介するってよく言うんだよ。その後に必ず女は顔じゃないからな。美人なんてすぐ飽きる。お目々ぱっちりなんて四十になれば狸だ。女は気だてで選べば間違いないってさ。美人はちやほやされ慣れてるから気だてのいいのは少ない。不細工で自分の不細工を自覚している女が一番だって。事務室の女の人の前でも平気でしゃべるんだぜ。まずいよなー。独身仲間で社長は絶対に不細工を俺たちに当てがうつもりで洗脳してるんだって話してるんだ。実際、先輩に社長の紹介で結婚している人がいてさ、奥さんはすごく感じのいい人だけど、美人とは絶対言えないんだってさ」

ビールの小瓶が四本と後は焼酎やジンに適当なリキュールを混ぜて独創的なカクテルを作ってちびちび飲んでいた。

「俺さあ、自分のオヤジが最悪だったろう？　社長を見てるとこんな人が俺の父親だったら俺の人生全然違ってたって思うんだなぁ。俺も先輩たちも社長をおやっさんって呼ぶんだけどな。……子供作ったのはオヤジにだって責任あるよな。定時制に行ってバイトして身体もでかくなったせいもあるけど、俺さぁ、最近は減ってきたけど、夢を見るんだよな。オヤジがお袋を殴ったり蹴ったりしているところに飛びかかってオヤジをボコボコにしようとするところで目が覚めてさ。夢の中でもぶん殴れば良かったたってすげぇ悔しいんだ。……仕事でうまくいかなかったり、辛い目に遭ったとしても女房子供を殴って鬱憤晴らすなんてカスだよな」

哲ちゃんの顎の筋肉の筋が盛り上がった。思い出して悔しさがこみ上げているんだ。

哲ちゃんは口調を変えて俺に訊く。

「諒ちゃんの親父さんは？」

俺の親父は小学校六年生のときには家に帰ってくる日が少なくなって、帰ってきた日には決まってお袋と喧嘩していた。その頃の親父は俺の方を全く見ていないと感じていた。殴られたことはないけれど、小さい頃から親父の方から話しかけられたり構われたような記憶がほとんどない。

「よくイメージできないんだよ。憎むとかバカにするとか言うよりも、他人に近いかな。夫婦喧嘩しているときは別だけど、なんか静かな人で、俺ん家はずっとお袋が仕切っていたよ。……思い出すと、お袋の作る飯はいつも俺の好みで作っていてさぁ。親父は俺に遠慮していたような感じがあったなー。なぜか分かんないけど」

哲ちゃんは偽カクテルを飲んで甘すぎると言った。それから視線を逸らしてちょっと言いにくそうに、

「それって、父親の自覚がないっていうか、どうしていいか分からなかったんじゃないのかなあ。仮にだよ、子供っぽくて諒ちゃんのお袋さんに甘えられるから結婚したとしたら、子供ができてもどう接していいか分からないんじゃないかな」

哲ちゃんに言われて改めて親父のことを考えた。俺はそんなことを考えようともしなかった。親父は俺に無関係の他人のような存在だった。今まで懐かしいとも会いたいとも思ったことはない。一緒に住んでいたことのあるおじさんのイメージが近い。

「哲ちゃんはいろんなことを深く考えてきたんだなあ」

「定時制にいたじゃん。俺にとってはそれが大きいと思う。みんな昼間はバイトしてるだろ。遊ぶ暇ないじゃん。だから金曜の授業が終わると、たいてい何人かでファミレスに寄って、晩ご飯は給食で済ませているからほとんどドリンクバーだけで二時間ぐらいは話すんだ。ファミレスに集まる仲間は何かしら問題を抱えているやつばっかりでさ、中にはほんとに頭良くて、ものすごく本を読んでいるやつとかいてさ、遠慮なくそれぞれの境遇

なんかを訊いたり話したりできたんだ。みんな似たようなもんだからな。特に年上の女子の中に鋭いことを言う人が多かったなぁ。随分勉強させてもらった。そんな女子はクラスの担任も一目置いてて大事にされてたなぁ。人数少ないから担任が俺ら一人一人のことを良く知っていたしなー。定時制卒業だと進路の幅が狭くて苦労するけど、俺は負け惜しみじゃなくて定時制に行ってほんとに良かったと思ってるんだ」

哲ちゃんは少し照れて、時計を見てこんな時間だと行って立ち上がった。俺は引き留めなかった。午前中に仕事してきたんだから疲れているだろうし、これからはいつでも会えるんだから。

「いくら置いていけばいい？」

哲ちゃんが財布を出しながら訊くから、ママから好きなだけ飲み食いしていいといわれている。ただし他の客には内緒だと付け加えた。結局話が弾んだ分、酒は大して飲まなかった。

「諒ちゃんの店でもないのに、俺のために貸し切り状態で使わせてくれて、好きなだけ飲み食いしろって、すげえことだよ。諒ちゃんはママに信用されてるってことだな。……人から信用されて任されるっていいよな。エネルギーが湧くよ。……スナックを貸し切りで飲むなんて一生ないなきっと。諒ちゃんのおかげだ」

「ほんと偶然だったけど、哲ちゃんに会えてほんとに良かった。もう一生会えないと諦めていたからな」

「そうだよなぁ。オヤジから逃げるために引っ越し先を絶対に人に言うなってお袋に言われていたからさー。お袋は見つかったら殺されるっておびえていたんだよ。……俺はさ、ドジほとぼりが冷めたら諒ちゃんにだけは住所教えるつもりだったんだ。ところがさぁ、ドジな話でさぁ、オヤジの家から逃げるときに、お袋と叔父さんが荷物を積み込んだろ。諒ちゃんからもらった年賀状がどっかにいっちゃって住所分かんなくなったんだ。高校入ってバイトして、小遣いできて諒ちゃんの家を訪ねようと思ったこともあったんだよ。でも一年以上経っていただろ。迷惑だろうって思ってさ。……あの頃の俺はほんと自分に自信がなくってさ、思っても行動に移せなかったんだな。友達に言われたけど、それはオヤジのDVのせいだってさ。……すごい奇跡みたいな偶然だったけどほんと会えて良かったよ。諒ちゃんはまだ横浜に住んでるって思ってたもんな。顔を見た瞬間信じられなかったよ」

哲ちゃんは立ち上がったまま話し続ける。これからいつでも会えると思っても、偶然の再会と記憶の底を浚《さら》うような話を交わせた余韻に浸って立ち話が続いた。若い女の子なら手を取り合って飛び跳ねて再会を喜ぶのだろうけど、俺たちは表現の仕方が不器用だ。

「今日は哲ちゃんにたくさん教えられたなぁ。今の哲ちゃんは昔と全然違うよ。……親父って、そんなに影響が大きいんだ。考えたことなかったなー」

「自分でも変わったと思う。叔父貴にも周りの人間にも恵まれたからさ。……でも、今日会って、こんなにたくさん話せるなんて思ってなかったなー。なんか諒ちゃんとなら何でも何時間でも話せそうな気がするよ。……俺の小中学校の友達って諒ちゃんだけだもんな。……会社の人たちは本当の大人で人間的な魅力のある人ばっかりだけど、個人的なことは話せないことが結構あるもんな」

「哲ちゃんがいなくなって、クラス替えがあったから諦めもついたけど、あのクラスのまで三年になったら中学では友達がいないまま終わったな、きっと」

哲ちゃんの頬が赤く、視線が柔らかい。

「今、叔父貴の店の近くのワンルームで、ほとんどの晩飯は店に寄って食べさせてもらうんだ。こんど俺のマンションに来てよ。古くて狭いけどゆっくりできるから」

俺はスマホを出したが哲ちゃんは使い込んだガラケーを出して交換し、それぞれの住所とメルアドを打ち込んだ。

「哲ちゃんはガラケー派なんだ」

携帯を返しながら言うと、

「俺さあ、定時制に行って、年上の友達の影響だけど、みんなと同じじゃなくていいんだ、同じにしようとするから自分が萎縮するんだって思えるようになってさ。だから少しへそ曲がり気味でさ、みんなが夢中になっていることには引いちゃうところがあるんだよ」

　哲ちゃんは苦笑いして話すけど、周りに流されず自分の頭で考えて生きているってことだ。ほんとにすげえやつになっている。

　閉店の札が下がったドアを出て外に並んだ哲ちゃんはつい話したくなった様子で、目の前の高架線路の土台の壁を指した。

「このコンクリ、今でもツヤがあって光っているだろ。すごい緻密に計算した強度の高いコンクリ使っているよ。ひび割れが全然ないだろ。ひび割れが入るとしみ込んだ水で鉄骨が錆びて膨らんで剥がれるから強度が落ちるだろ。いい仕事だよ」

　俺は話についていけないまま「ふーん」と言ってぽかんと見上げていた。

「ハハハ、俺は壊す側で考えてるんだよ。これを壊すとなると、馬力のある油圧ショベルにブレーカー付けて鑿《のみ》を打ち込んでもかなり時間がかかる大変な工事になるってことをさ、考えちゃうんだ」

　最後まで俺は哲ちゃんの話に感心するばかりだった。

グラスを洗い、片付けをしているといろんな子供時代の記憶が湧き上がって、哲ちゃんが話したこととぶつかり合って頭の中で渦巻いた。

中学生の哲ちゃんを苦しめていた暴力親父のこと。俺だって知らなかったことだから、あのときの担任だった天然ボケ教師は何にも気付いていなかったはずだ。きっと小さかった哲ちゃんは心細かっただろう。グラウンドを遠ざかる後ろ姿をまた思い出した。周りの人に恵まれたとはいえ、よく今日の哲ちゃんになれたもんだ。同じだけの時間を過ごしてきた俺は何をやっていたんだろう。会社勤めの二年間、どれだけ仕事に充実感があったというのか。毎月の給料と引き替えに間延びした毎日を過ごしていただけのような気がする。同僚に対する嫌悪感に振り回され、こんなものだと分かったつもりになって割り切る。どっちにしても成長していたと思えなかった。洗い物を片付け終えて暗い店内を見つめながらシンクの前でしばらく佇んだ。

定時制に行かざるをえなかった哲ちゃんは不安で将来の夢とか希望なんか持てなかったんじゃないか。中学時代は俺も辛い時期だったけど、少なくとも金の心配をしたことはなかった。けれど夢とか希望とか、俺はずっと持ったことはなかった気がする。学生時代にもっと仕事のことをきちんと考えるべきだったという後悔。もっともそれは何度も反省したことだ。お袋は管理栄養士の資格で採用されたとはいえ公務員だから保健所、県庁、病院なんかに異動して違う業務をやっていたはずだが、具体的な仕事の内容は訊こうともしなかった。父親の仕事なんて今でもよく知らない。あの頃、身近に父親がいたら、就職を正面から自分の問題として受け止められていたのだろうか。亜弥の将来の夢や希望はさんざん聞かされていたけど、俺は将来の夢を亜弥に語ったことはない。

店の電気を消してドアに鍵を掛け、目の前に迫るツヤのあるコンクリートの垂直の壁を見上げる。ホームから出たばかりの下り特急がゆっくり重い響きを立てて過ぎていく。あらためて職人哲ちゃんの存在感の大きさを思った。気持ち良く今の田中哲夫という友達をまるのまま受け入れられる。哲ちゃんは眩しいほどすごいやつに成長していた。今日哲ちゃんに話した中身は大学の友達にはもちろん亜弥にも話したことのないことばかりだった。

俺のことも哲ちゃんはそのまま受け入れてくれたと思う。いい時間だった。初めて味わう質の高い充実感が残った。

壁沿いに駅と反対方向の細い道を抜けると県道にぶつかる。歩道に出る場所には歩行者以外通れないようにU字のパイプが刺さっている。まだ俺の頭の中では自分の親父のこと、仕事のこと、そして亜弥のことが漂って所在が定まらない。でも自分の身体中のあちこちで止まっていた歯車がクラッチペダルを離したように噛み合って一斉にゆっくり動き出したような意欲が湧いた。これからの俺の時間をすべて意味ある時間にできるような気がした。亜弥と会わなくなっていたから、気遣わずに人と話す快感を忘れていた。哲ちゃんは俺ならなんでもできると軽く言っていた。仰々しく説得されたり励まされたりしたら素直に受け止められなかったかもしれない。哲ちゃんから考えてばかりいないで軽く一歩前に踏み出せと背中を押された気がした。

四

マンションの二階には我が家と百合おばさんの部屋のドアが隣り合って並んでいる。部屋の造りは左右対称だ。先に百合おばさんの部屋のインターホンを押した。そしたら我が家のドアが開いて、おばさんが顔を出した。

「終わったの？　早かったじゃない」

お礼を言うつもりだったが意表を突かれた。日曜だからおばさんと俺たち親子の三人の晩ご飯になるのだろう。日曜日はおばさんが隔週で実家に通って帰宅が遅いため、なし崩しでいつも三人の晩ご飯になっていた。

リビングのテーブルの上には大きな地図とか、写真、旅行雑誌が広がっている。二人で旅行計画でもしてたのだろうか。俺が起きたときから今までずっとおばさんはここでお袋と話していたみたいだ。珍しいことではなくて、時にはお袋がおばさんの部屋に行ったきりのときもある。

俺は二人には関わらずに部屋に籠もってぼんやりした。大学の『ママチャリ友の会』のメンバーとは陽気に楽しんで付き合ったが、集まってそれぞれがどれだけその場を盛り上げるかが暗黙のルールだった。イケてるやつらでもなくオタクでもなく、遊びも勉強もそこそこバランスを取って過ごしているタイプの集まりだった。友の会はサークルと称したが、新入生を勧誘することもなかった。時々ママチャリを連ねて寄り道をしながら遠くのファミレスを目的地に、のんびりサイクリングして飲み食いして帰ってくるぐらいが活動内容だった。当然サークル室などない。大学で一番大きな食堂の、明るい窓際ではなくいつも空いている壁際のテーブルが拠点になっていた。集まってもきまじめな話題は避けられ、真剣な議論になることもなかった。それぞれの存在価値は雰囲気をきっちり読んで話題をつなげるセンスで決まった。個別に話せばまた違う話題で話せたかもしれなかったが、俺は一年生のときから亜弥と付き合うようになったせいで、メンバーと個人的に話す機会はほとんど持たなかった。亜弥と一緒にいる時間が俺の優先事項だった。そのことをとやかく干渉するメンバーもいなかった。

「諒クンまだお腹すいてない？」

いきなりドアの向こうで百合おばさんが問いかけた。思考を中断されて焦って「えっ、ああ、そろそろかな」と応えると「じゃあいらっしゃいよ。晩ご飯」

ベッドから起き上がるとき机の上のおばさんの書いたリストが目に入り、そうだ訊いておこうと思ってリビングに持っていった。テーブルの上は片付いて晩ご飯の支度ができていた。

晩ご飯が始まると久しぶりに会った哲ちゃんとの話を訊かれたが、分かりやすく話をすることが難しく、したいとも思わなかったので話題を逸らすいい種を持ち出した。

「おばさん、一昨日このリストにある準常連の山本さんていう人、来ていたでしょう。メモの意味が良く分からないんだなあ」

「ああ」と言って、お袋に、「久代さん覚えてるでしょ。ベレー帽の人の話」

「ああ、あの人が来たの？」

二人ともおかしそうに笑い出した。

「メモに書き切れないから短くまとめたの。初めて店に来たのが、三月の下旬だったんだけど、そのときが強烈な印象でさー、カシミアのコートとシルクのマフラー、ダブルの背広でしょ。イタリアのネクタイ。ロマンスグレーの総髪に何とベレー帽まで。念の入ったことにパイプ咥えて、鼈甲の眼鏡。笑っちゃうでしょ」

「そんな格好で外歩いたら目立っただろうなー」

お袋が頷いて苦笑した。

「それそれ、明るい時間にそんな格好で小弓浜歩いたらパリじゃないんだから目立ってしょうがないわよね。八時過ぎ。そのときいたお客さんは常連の四人。みんなできあがっている時間よ。全員どん引き。店の中が静まり返ったわよ」

「そのとき、ここに書いてある焼酎のお湯割りおいくら？って訊いたんだ。……おばさんおかしかったでしょう？ ずっこけるよなー」

ドリフのコントじゃあるまいし、腹がひくひくした。

「それも声がかん高いのよ。内心アララだったけどこらえて、セット料金と追加注文のお代を目一杯愛想良く説明したわよ。プロですから」

「百合ちゃんの色仕掛け営業！」

お袋がからかう。

「山本さん、そもそも山本って名前、偽名よきっと。ちらっと見えた上着の内側のネームが山本じゃなかったのよ。ま、名前なんてどうでもいいけど、あのときは内心とまどったー。お酒をあまり飲まない人かと思ったけどとんでもない。すごい酒好きよ」

まだ百合おばさんの面白い話は続く。

「客がぽつぽつ帰って、本人もできあがってきたら、自分のことを訊いて欲しくって仕方がないことが見え見え。ガンチャンみたいに素直に自分から話せばいいのに、訊いて欲しいの。訊かれたから仕方なく答えているようなそぶりで、褒められたり感心されたりしたいのよ。ほんとにめんどくさい男。ま、諒クンもこれから会う機会があるだろうから良く観察してごらんよ。この世の中にはあんな幼稚な男がいることを知るのも勉強よ。それで大学教授だったというんだから。それもほんとかどうか」

「山本さんが来たら、いろいろ訊いてあげる方がいいの？」

「いいのいいの気を遣わなくて。からかって遊んでみたいのならやってみてもいいけど、諒クンにできないでしょ？　他の客が楽しめるような話はできない人だし、話相手になるのは大学教授ってだけでひれ伏しちゃう八代さんぐらいだし」

八代さんは野菜農家のお人好しのおじさんだ。

「おばさん、このメモでまだ来ていないのはこの常連の柴田さんだけかな？　グループは哲ちゃんの犀金属グループ以外よく分からないけど」

「柴ちゃんか、……そう言えばしばらく顔を出さないわね。……来るときは立て続けに来るけど」

〈百合恵メモ〉

柴田さん：六十代半ば？　若く見える。長身でスタイル良し。外見を意識しているがそのことに気付かれないように振る舞う。ずっと通ってくれるが回数は不規則。たぶん元は大企業社員で海外勤務経験がある。今は奥浦町の工場街のどこかにある関連会社に出されて経営陣に収まっているらしい。住まいは八代さんによると奥浦の南側の丘にある大きな家らしい。団塊世代で学生運動をやっていたと思う。なんのためにやっていたのか全く不明。自分のことも家族のことも話したがらない。同居している家族がいないのかもしれない。

「あの人は長いこと来てくれるけど、結局よく分からないわ。女にもてたんじゃないかなぁ。いろいろ探ってみたことがあるけど、ガードが堅くってねぇ。いつも一人。でもお店では紳士で気配りができるから、他の常連さんとの仲は悪くないのよ」

「おばさんの店は、一人で飲みたい人にはいい店だよねー。自衛隊の人もそんなタイプでしょ。だけど知ってる人に連れてきてもらわないと入りにくいよね」

「そうなのよ。それであのベレー帽のめんどくさい山本のオジサン、どうして『アローボウ』に来たのかが不思議なのよ。だって一人で飲みたがる人とは真逆よ。誰かに自分の自慢をしたくって仕方がない人なんだから」

「言われてみればそうよね。……誰かに訊いて来たんじゃない？」お袋が加わった。

「だって三月中頃に岩見崎トンネルの向こうに越してきたばかりよ。友達なんてあの性格じゃできないだろうし」

「百合ちゃん、訊いたことないの？　どこでこのお店のことお聞きになりました？　とかなんとか」

「訊いた。たまたま通りかかったって。あの道はたまたま通りかかる道じゃないわよ。駅の周りには飲み屋さんがたくさんあるでしょうとも訊いた。もっと安いところとは訊かなかったけどね。雰囲気が良さそうだったとか言ってたかな。あの男、色黒で脂ぎった顔してる割にものすごく気が小さいから表情に出るの。歯切れ悪いし頬がひくついていたから、本当のことを言っていないわね」

「なんかわけありみたいね」お袋も興味津々の様子だ。

「わけありでも、案外つまらないことが真相かもしれないわよ。人間的な深みは感じないし、思考能力が高いなんて全く思えない。……だけど身に着けている物は高級品なのよ。やくざがそうよ。自分が身に着ける物だけは金をかけるの」

おばさんは演劇少女時代、東京でスナックのアルバイトをやっていた。そこで本物のやくざを間近に見ている。以前聞いた。初めて接した頃は恐くて緊張もしたがすぐ慣れた。やくざが酔って話す昔話を聞くと、ほとんどが貧困家庭育ちで、額面通りに受けると極貧レベルの家庭育ちだという。「だから見栄を張りたいのよ」と言ってた。

「じゃ、山本って人も本当はやくざなのかな？」

お袋は山本氏本人も本物のやくざも見たことがない。

「違う違う絶対に違う。あんなに褒められたがり屋のやくざの幹部なんていないし、やくざが大学教授のふりはしないって」

準常連に入っているけれど、メモから感じた通り百合おばさんは山本というオジサンが嫌いみたいだ。おばさんの人物評は特徴を並べて聞く側にイメージしやすく説明してくれる。おばさんは人を褒めることはよくあるが、好きか嫌いかはほとんどどうでもいいことのようだ。だから山本さん嫌いがよけい際立つ。

「諒クンは、山本のオジサンに気を遣わないでいいからね。来なくなった方が店の雰囲気は良くなるわ。八代さん以外の常連さんはあのオジサンが入って来るといい顔しないのよ。特にガンチャンは」

おばさんはそう言うけど、俺には七十近いオジサンを軽くあしらうイメージがない。

初めてママである百合おばさんのいない『アローボウ』の金曜日、おばさんはチーちゃんと呼ぶ三十代前半のチサトさんを応援に頼んでくれた。チーちゃんはおばさんのアマチュア劇団の仲間で、店を始めてから時々頼んで手伝いに来てもらった人だ。大柄で若々しく明るい女性で、初対面でも俺のことを百合おばさんから説明されていたんだろう。すぐに馴染んでくれた。なんと四月から看護学校に通い始めていた。

常連さんには金曜土曜はママが休みで、金曜日にはチサトさんが来ることと、土曜日は俺一人であることを教えてあった。二週間やってみて、哲ちゃんも言ってた通り、ここの客はほとんど美人ママが目当てだから常連は来ないと思っていた。週末に集中する釣り客相手のガンチャンは来ないことが多いから別にして、予想に反して他の常連さんのほとんどが来ていた。チサトさんは古くからの常連には顔なじみで、気に入られていたのだ。準常連の話題の山本氏もカウンターの一番奥の椅子にいた。八時前にはカウンター席がほぼ埋まり、二つのテーブル席にグループが座り、グループのどっちも俺の記憶にない顔ぶれで、注文を訊いて、テーブルに運び、チサトさんにお通しを出してもらい、俺は焦りまくっていた。

チサトさんはさすがだった。慌てもせずに鷹揚に客に声をかけながら飲み物の準備も手際が良かった。俺がカウンターの中に落ち着く余裕がないまま九時を回ってようやく帰る客が出始めた。洗い物を始めると目の前に座る山本氏がゆっくりした話し方で俺に話しかけてきた。それも普段の話し方の癖というよりも、そう話すことで自分が偉く見えると思い込んでいるような、八代さんと話すときと全く違う話し方なのだ。「えー」と前置きを伸ばしたり「ところでー」をつけてから話し出すから返事をするのにいらいらする。要は俺が昼間暇であることを聞きたかったようだった。店内から追加注文の声があるたびに、話を中断するでもなく、この山本というオヤジは俺が忙しいことが見えていないようだった。だから俺も苛立って適当な返事をしていた。そのくせ隣の八代さんが媚びるような言い方で「先生は毎日何時間ぐらい絵を描いているんですか？」と訊くと、嬉しくて頬が緩みそうになるのを無理に抑えながら薄い唇をぬめぬめ光らせてもったいぶった言い方で長い説明をする。八代さんは深く頷きながら、感服したような声を出している。八代さんが中身をどれほど理解しているかは不明だが。

　カウンターではガンチャンがいないから酒屋の大旦那はゆったりと真ん中に座って、左右に八百屋の旦那と初めて見る人だが、たぶん商店主らしい人を座らせている。大旦那はウーロン茶のボトルやレモンの絞り器を並べ、気前よく自分の焼酎のボトルでウーロン割りとかレモン割りを作って二人に飲ませている。いつもの入り口側の端の席では自衛隊の長谷川さんが静かに水割りを飲み、間にはサラリーマン風の二人連れが挟まってにぎやかにしゃべっている。そんな観察ができたのはほんの短い時間だった。チサトさんがいなかったらとてもではないがパンクしていた。二週間の見習い期間で大旦那をはじめ常連さんと顔なじみになっていたからなんとか雰囲気を壊さなかったが、スナック経営は半端なく大変だった。

チサトさんには子供がいると聞いていたから客がいなくなった十時前には帰ってもらったが、帰り際に、

「百合恵さんには言っておくけど、金曜だけでも私やっぱり無理だわ」

と衝撃的な告白をされた。看護学校の勉強と子育てを両立させるのは半端なく大変だからもう手伝えないと言われた。聞いてない。話が違うじゃんと、おばさんがいたら文句を言うところだが、「そうですか」と言うしかなかった。

一人で片付けをして、伝票と現金を整理して帰ったのは十二時を回っていた。ひと晩寝たら土曜日がやって来てさらに緊張して準備を始めた。百合おばさんは俺にとんでもない仕事を押し付けた。

土曜日はガンチャンが来ないだけではなく、幸い大旦那も八代さんも来なかった。さらに幸いなことにめんどくさい山本オヤジも来なかった。来たのは長谷川さんで、早い時間に入っていつもの席に座り、言葉少なにセットを注文し、水割りのお代わりをゆっくり飲

んでいた。

坂本龍一か司馬遼太郎みたいな綺麗な白髪で、背の高い、おしゃれなちょいワルオヤジ風のおじさんが七時過ぎに入ってきた。慣れた様子で長谷川さんの席と一つ空けてスツールに座り、二人は互いに会釈した。たぶんこの人が「柴ちゃん」の柴田さんに違いない。物静かなしゃべり方で「セットで」と言うから飲み物はと訊くと、「あっそうか、今日はママがいないんだね」と店を見回す。バーボンのロックを注文して「ママはどうしたの?」と訊く。実家に用事があって休みだけど平日はいつも通りだと答えた。セットのお通しは五人分だけ器に盛って準備しておいたからスムーズにいった。いったいどれほどの客が来るのか、先週の土曜日は金曜の半分ぐらいだった。柴田さんらしき人は長谷川さんに話しかけ、長谷川さんの返事は短いが、不機嫌そうではなかった。その後に以前大旦那が連れてきた八百屋のおじさんが二人のおじさんを連れてテーブル席に座って大声でしゃべっている。商店街はシャッターが閉まったままの店こそ少ないが、大型スーパーができてから客が減ったためいろんなイベントをやって踏ん張っている。商店街を抜けた先の大型スーパーは閉店時間を遅くして今では十時頃まで開けている。八百屋のおじさんグループは商店街でも閉店時間をもっと遅くできる店を増やせないかと話している。声がでかいから丸聞こえだ。もう一つのテーブルに三十代ぐらいの三人組が座り、一人は前に来たこ

とがあるらしい。俺がおしぼりを持っていくと、

「今日、ママさんはいないの？」

と訊かれた。わけを説明すると、他の二人に向かって両手を合わせて謝っていた。おおかたすごい美人のママがいるからと誘ったんだろう。三人ともセットで水割りを一杯ずつ飲んで出て行った。十時を回ったところで、ひっそりと長谷川さんと柴田さんが立ち上がって帰った。商店街のおじさんたちは自分たちが最後の客と悟って、ようやく立ち上がって支払いを済ませた。

やっぱり百合恵ママがいないし、チサトさんの手伝いもないことが常連さんの出足を鈍らせているのだ。ここに来るオヤジたちは女と酒を求めて通うというわけだ。


日曜日はぐったりして、昼近くに起きて飯を済ませてからまたベッドにごろごろしていた。今週から平日の『アローボウ』は行かなくてよくなる。だけど隔週の金曜日にチサトさんなしに俺一人で営業なんて無理だ。昨日の土曜日程度なら何とかやれるが、俺のせいで客を減らして、営業に問題が出てくるんじゃないか。百合おばさんが帰ってきたら相談しよう。と考えているうちにまたうとうとしてしまったらしい。

お袋が部屋をノックする音で起こされた。

「相当疲れたみたいね。よく寝てたわ。百合ちゃん、帰ってきたから起きたら？」

お袋がドアを閉めると、百合おばさんの声で「起きてた？」と聞こえた。おばさんの声がはしゃいでいる。時計は午後四時過ぎ。今日一日はほとんど寝て終わりそうだ。

預かった現金と伝票を入れたポーチを持ってドアを開けると、百合おばさんはやっぱりいつもより声のトーンが高い。直接こっちの部屋に帰ったみたいで服装も荷物も旅行帰りだ。

「諒クンありがとう。疲れさせちゃったみたいねー。おかげで役所に行けたの。やっぱり平日に行かなきゃできないことって多いのよねー。ほんとに助かった」

おばさんはポーチを受け取って中身も確かめずにテーブルに置いて、自分のバッグから白い封筒を俺に渡した。

「昨日までのバイト代。少なくてごめんね」

封筒の裏には計算式があって合計六五〇〇〇円とあった。金曜はチサトさんのおかげだったし平日はおばさんがいた。金曜と土曜は別金額で、平日は時給八〇〇円で計算してある。別に金のために始めたことではないから不満よりも、

「おばさん、これ多すぎるよ。こんなに働いていないよ。見習い期間なんておばさん一人でできるのに俺が入り込んだんだから」

「いいのいいの、これからも頼むんだから」

サラリーマン時代の俺は自分から酒を飲みに行くことはなかった。亜弥と会わなくなってから金を使う機会が減った。たまにやるパチンコで負ける他に昼食代ぐらいしか使わなかった。デスクトップパソコンをハイスペックなものにしてミニコンポも贅沢なものに買い換えたりしたが、ボーナスの範囲内だ。だから給料の振り込み口座には金が貯まっていた。『アローボウ』の手伝いはバイトではなくて百合おばさんを手助けするつもりでいた。

「この金額に見合った働きはしていないし、暇だからおばさんの手伝いをしているだけだから」

そう言って三万円を抜いてこれだけでいいと返そうとした。

「諒クン、それは考え方がおかしいわ。自分の時間を軽く見ちゃだめよ。私の都合で諒クンの時間をもらったのよ。言うなれば諒クンの人生を切り取っていただいたの。それも好んでやる仕事じゃないのによ。自分を安売りしちゃだめ」

ちょっと大げさじゃないかと反論したかったけど、百合おばさんは時々俺を自分の息子か弟をしつけるように扱う。お袋はそれを嫌がるどころか「百合ちゃんの話は諒にとってはいい勉強になってるわね」といたって好意的なのだ。

俺は不承不承封筒に三万を戻した。百合おばさんはもうお袋の方を向いて、県庁と町役場の報告をし続けている。テーブルに土産らしいロールケーキが皿に切り分けて置いてある。真ん中に瓜の味噌漬けが切ってあった。俺は『アローボウ』の手伝いの相談をしたかったけどおばさんの話の勢いを前に切り出せない。

「それでさ、その子に聞いた通り県庁で同級生の名前を出して呼んでもらったの。そしたら別の部屋に行けと言われて入ったら、部屋の真ん中の机でこっちを向いているの。彼農林部の部長だったのよ。それで計画を話したら、その場で地域振興課ってところに連絡をしてくれて課長に会うようにしてくれた。それから同級生が、私の実家のある町役場にもいるからそこへも電話しておくから相談した方がいいって教えてくれたの」

「こっちと違うわねー。人脈があるって大きいのねー」

「ほんとそう。中学校っていったって、学年一クラスでしょ。私は高校で伯母の家に下宿したから地元を離れたし、うちの県は男女別学がほとんどでしょ。だから、男子のその後なんて地元を離れると分からなくなるのよ。地元にずっといる中学の同級生のネットワークってほんと助かるわ」

「それで何が分かったの?」

「手続きとか申請方法とか……それに大収穫があったの。補助金がもらえそうなのよ。地域起こしで」

「えーっ、すごいじゃない」

おばさんの話を聞くお袋の目は輝き、二人の様子は文化祭の出し物を考える女子高生のようで、俺は話に加われない。ロールケーキを食べて、お茶を飲んで瓜の味噌漬けをつまんだ。箸で持ち上げると透けて見えそうな半透明の琥珀色が綺麗だった。これが単にしょっぱいということもなく甘みとこくがあってうまい。続けて瓜をつまんだら、百合おばさんが俺の口元を見て、

「諒クン、それおいしいでしょ。こんな漬け物を作れる人が田舎にたくさんいるのよ。ご飯が進みそうだと思わない？」

「思う。お茶漬けでいける」

「諒クンはお母さんに舌を鍛えられてるからね」

そう言って、今度はお袋に向かって、

「これも売りにできるわ。地元のおばさんたちから買い上げるの。何度も漬け替えして作るから手間がかかっているのよ」

「そうね、これから高齢者が増えるからこんな総菜が絶対受けるはずね」

お袋の声のトーンもいつもより明らかに高くて会話のテンポが早い。百合おばさんの新

しい店作りが具体的に進行しているのは分かる。お袋は話の聞き役だけではなく、おばさんの計画の片棒を担いでいるような入れ込み方で、いったい何を考えているのか、全貌が見えず苛立ってきた。

「おばさん、そのお店の計画はいつ頃から考えていたの？」

「だいぶ前。茉莉が結婚して子供産んで、もう私のやることは終わったから、生活費を稼ぐために我慢して『アローボウ』をやる理由がなくなったからね。儲けを二の次にして、何かもっと人のためになるようなことをやりたくなったのよ」

お袋が一瞬おばさんの顔を見てから、

「諒、いい機会だから話しておくとね、私も百合ちゃんの話が良く理解できるのよ。あんたは仕事辞めちゃったけど、もういい年なんだから自分の責任で生きなくちゃいけないでしょ。私が傍にいなくてもいいじゃない。それで百合ちゃんの計画が具体的になってきて私も手伝うことに決めたの。まだ可能かどうか分からないから当分は今の仕事をするけどね」

とんでもない計画じゃないか。俺はどこに行ったらいいのか、俺のことは完全に無視だ。俺が「えーっ」と言ったきりで固まっているとお袋が苦笑いして、

「このマンションを買ったときの借金が残っているけど、退職金で済ませるから諒はここ

に住んでいいのよ。でも共益費は自分で払うのよ」

百合おばさんという親友がこのマンションからいなくなるのに、お袋はこれまで動揺する様子を見せないわけが分かった。お袋が百合おばさんの計画に参加するつもりではと考えないではなかった。でも公務員で定年まで十年を切っているし、お袋にとっては好きな仕事のはずだし、定時に帰ってこられて安定した仕事だから定年前に辞めるはずはないと思い込んでいた。

俺の頭はおばさんの開店計画のことよりもこれからの一人暮らしのことであっという間にいっぱいになった。住まいも食事もお袋に任せて何も考えていなかった。共益費っていったいいくらなんだ。

「久代さん、次は土曜と日曜でいいと思うのよ。一緒に行ける？」

「大丈夫よ」

「実家を一緒に見てほしいの。それから二キロぐらい離れたところにある道の駅が気になっているのよ。道の駅と共存して、宣伝場所にしてもらえるくらいの違いをコンセプトにしないといけないでしょ。お客の多い週末に一緒にそこも見てほしいの」

「分かった。そうしよう。この前話していたけどお母さんは納得したの？」

「したした、もうあの家は取り壊されると思い込んでいたから喜んでいた。離れと納戸は寝泊まりできるように残すつもりだからいつでも来られると話したら、お金が足りなければ私も出すって言い出したの」

俺は話の中身に押しまくられていた。俺だけここに取り残されることは既定の事実みたいだ。俺がたぶんぶすっとしていたからだろう、お袋がこっちを向いた。

「諒がね、会社辞めることを決めた頃からの話なのよ。そのときにこの話をしたら、諒は自分が思った通りに動けなかったでしょう？　百合ちゃんとも相談して、あんたなりに考えていたんだろうから、決めるのに影響を与えるようなことは言わないように気を遣っていたのよ」

俺が仕事を辞めたいと告げたとき、すでにお袋は自分も退職する算段を立てていたってことだ。

「それにその頃はこの計画がうまく進むかどうか分からなかったからね」

おばさんが付け加えた。

結果的に俺は蚊帳の外に出されっぱなしだったわけで、いきなり崖っぷちに立たされた気分だ。しばらくぶらぶらしながらヒッキーもどきで過ごせるという漠然とした期待は完全に雲散霧消だ。安定した収入を得る方法を考えないと俺はこのマンションで孤独死する。

俺が一気に落とし穴の底に転落した気分を口に出してぼやいたところで、二人のおばさんがまともに取り合ってくれる気配はない。

「百合おばさん、チサトさん、もう来られないって言ってたけど、俺一人で週末の営業するって無理だと思うんだけど」

やっと二人の話の腰を折った。しかしこんな問いかけはもはや百合おばさんの計画の前では大した問題ではなくなっていた。

「大丈夫、今週は私がいるから金土は一緒にやろう。来週も金曜は私がいるし、土曜だけだから諒クン一人で大丈夫よ。もっと楽にできるわよ」


平日のバイトがなくなって、やっと望んでいたのんびりした日が木曜まで続くはずだった。時間は空いても、お袋が出店計画に加わっていることを聞かされて、とてもではないがのんびりした気分になれるわけはない。お袋に「もっとのんびりしたいからおばさんの計画に参加するのは待ってくれ」なんて本音はともかく口にはできない。言ったところで一蹴されるだけだ。

秘密にしていたことを打ち明けてから身軽になったお袋は、今朝も元気に洗濯を俺に命じて出勤した。

俺がベランダで洗濯物を干していると、百合おばさんの部屋のガラス戸が開き「諒クーン」と言いながらおばさんが仕切り板から顔を出した。

「話があるの。十五分後に行くけどいい？」今十一時前だ。

おばさんはサンダルを脱いで短い廊下を歩きながら、

「例の山本ってオジサン、昨日と一昨日二日続けて来たのよ」

考えながら話している風だ。

「珍しいことでしょ？」

「そうよ初めて。一昨日ね、こんなこと言い出すのよ。この間来ていた若い人、昼間は空いているらしいから、僕の買い物をしてくれないか訊いてくれ。一回につき千円のアルバイト代出すからって」

「僕に買い物を？　どういうこと？」

「私もこの人何を言っているんだろうって思った。よく聞くと要するにスーパーで食材を買ってきてほしいんだって。それを一回千円はないっていったら千五百円に値上げした」

百合おばさんは唇をへの字にしてうんざり顔を作った。

「それでおばさん、なんて返事したの？」

「とりあえず訊いてみるって。最初は聞き流そうと思ったの。わけの分からない話でしょう？　だけど昨日来てまた同じこと言うからさぁ」

「変だよぉ。『アローボウ』に来たついでにそこのスーパーで買えばいいことで、バイト代払って頼むことじゃないじゃん」

「その通りよねー。それにそこのスーパーでは買った物を配達してくれるサービスがあるからそれを教えたの。ほんとめんどくさいやつ。一人で買い物をするのがどうもとか、配達はできるだけ避けたいとかわけの分からないこと言うの。人に甘えたり迷惑をかけることを何とも思わない。だからしつこい。あの手の男は」

「でも、焼酎のお湯割りいくらって訊いたんでしょ。それに『アローボウ』でもあんまりお金使わないどけちなのにバイト代出すって？」

「そう。すごく不自然なのよ。絶対何か隠していることがある。……でね、諒クン、見方を変えてさ、つまりバイトをするんじゃなくて、何を隠しているのか探ってみない？」

「探るって、探偵みたいに？」

「そっ、探偵。美大の教授を退職して、ゆっくり絵を描きたいから家を借りるなんて絵が好きな素人にはある種のステレオタイプだけど、美大の教授って自宅で絵が描けるようにしているのが当たり前なんじゃない？　あんなオヤジに興味なんてなかったけど、考えたら変なことばっかり出てきてさぁ。家族のことだって曖昧にしか答えないし、探りたくなったの。とにかく気の小さい男だし、あんまり頭がいいとも思わないから、簡単に分かるんじゃないかな」

おばさんは実家での開店準備で頭が一杯のはずなのに、好奇心に火がついている。俺が早く仕事を見つけなければと焦り始めていることなんて気にかけてもいない。

昨日も目が痛くなるまでネットの転職サイトを見まくった。当然なことだが、俺が何に向いているか何をやりたいのかはっきりしていないのに、いくら調べてもできるのは消去法で、それで絞り切れるはずもない。焦ったからって決められる気もしない。中途採用をしている企業のリストを見て簡単に比較できるのは賃金と福利厚生の差ぐらいだ。

今あのオヤジに関わるなんて冗談じゃないと思っても、大して時間を取られることでもなく、けしかける百合おばさんに抵抗する理由も見つからない。

「ママから聞いた?」

土曜日に山本オヤジがやって来た。今週は百合恵ママがいる。山本オヤジの隣にお人好しの八代さんはまだ来ていない。

「はあ?」俺はわざと興味なさそうに返した。オヤジは首を伸ばして百合恵ママを見て「ママ、まだ話してないの?」と訊く。おばさんは俺に「お買い物の件よ」とわざとらしく取りなした。「ああ」とおばさんに返事してから、俺は不機嫌な態度を作った。

「いったい何を買って来いと言うんですか?」

洗い物をしながらオヤジを見ずに聞き返した。山本オヤジは俺の不機嫌な反応を全く気にかけない。ゆっくりと内ポケットからはがき大の紙を人差し指と中指で挟んで取り出し、目の前のカウンターに置いた。俺は仕方なさそうなそぶりを強調して首だけ伸ばして眺めた。繊維の浮いた厚手の手漉き和紙に、〈米五キロ、だし入り味噌一キロ、醤油一リットル(減塩)、サラダ油一リットル、玉ネギ(五個くらい)、キャベツ、ニンジン(五本くらい)、カレールー(中辛)、豚肉五百グラムぐらい……〉極端に右肩上がりの毛筆、たぶん筆ペンだ。

反射的に突き上げるような猛烈な反発心が湧いた。たかが食材の買い物リストを大げさに手漉き和紙に毛筆で書いてくる。このオヤジはこれを見せればさすが美大教授だと俺が感心し、ありがたがると思い込んでいるらしい。俺がこんなこけおどしに感心する人間と見下している。ひょっとしたらこのオヤジは手漉き和紙に毛筆書きで食材を書くことは俺を軽く見ているのではなく、世間一般が感心する美的行為と思っているのかもしれない。だとしたら世間知らずのバカオヤジだ。ほんとにこいつ元大学教授なのだろうか。

俺は視線を落として洗い物を続けた。百合おばさんがこのオヤジを思考力が高いとは思えないと言ったことを思い出した。俺はずっと大人の男に苦手意識があって、よく知らないおじさんを目の前にすると緊張した。いつも遠慮勝ちの会話しかしてこなかった。学校の先生でも同じだった。百合おばさんの事前情報のおかげで大人の男の中にもいろんな人間がいて、このオヤジのように敬意など持つ必要のない男もいると実感した。遠慮は一気に消えた。内心馬鹿にしながら応対している俺は自分の嫌な人間性がむき出しになったようで、それも不快感を膨らませた。

表情を抑えたが俺の口元は片方が不自然に吊り上がっていた。俺は濡れた手のまま、クソオヤジが持ってきた紙の端をつまんでカウンターの内側に放り込んだ。バカオヤジはバカウイルスをまき散らして俺を嫌な性格の若造に作り替えた。

五

スーパーマーケットの駐輪場からは何とか走り出せたが、後ろ籠の五キロの米袋とサラダ油、醤油、味噌が重くて荷台だけが不調和に細かく震える。前籠にもふくらんだレジ袋、ハンドルにもレジ袋がかかっている。『ママチャリ友の会』の元会員でもこれはきつい。過積載だ。百合おばさんのママチャリは前後に籠付きで三段ギアだから何とかなると考えていたが、岩見崎トンネル手前の長い坂道に入って、初めの三十メートルを立ち漕ぎしただけで不可能と諦めて降りた。息が切れて汗が噴き出ている。荷物なしでもこの坂をママチャリで上り切るのは無理だ。

昨日店を閉めて後片付けをしながら、「諒クンはあの男がなんで不自然な頼み事をするか、どんな人間かを観察して、理由を探ることが目的だから、いちいちあいつの言うことに腹を立ててはだめよ」

百合おばさんは俺が嫌々ながらも取り敢えずは買い物をして届けるものと思っていた。仕方なく午前中にカートを押して慣れないスーパーの陳列棚のあちこちを回って手漉き和紙に書かれた食材を揃えた。米の値段がまちまちで迷ったが、中ぐらいの価格にした。これほどの買い物をしたことがなく、レジ袋にどう詰めて良いのかも分からず何度も入れ替えた。自転車を漕ぎ出した時にはスーパーに入って一時間近く経っていた。

岩見崎トンネルに続く上り坂は海に落ち込む丘陵の崖を削って作られている。長い坂になっているのはきっとピークの岩見崎に掘ったトンネルの長さを短くするためだ。道路の左側は急傾斜の林。崖下は埋め立て地でほとんどが火力発電所の敷地。坂道沿いに一般住宅は無い。ガードレールのある歩道は生活道路ではなくハイキングやウォーキング、ジョギングで使う人が中心。幅が狭くて自転車を押して歩くとジョギングの人が通れなくなるから車道に出て左端を押して上る。背後からの車が途切れず少し怖い。対向車線の車は少ないがスピードを上げて風切り音を残して下ってゆく。火力発電所の正門あたりから幅が広くなった歩道に戻った。坂道の先はまだ長い。発電所のフェンスが終わる斜面で樹木が途切れて海が見通せた。埋立地の上を流れて斜面を撫で上げる風が汗で濡れた首筋に心地よかった。時間の指定があるわけでもないから、フェンスぎりぎりに自転車を止めてスタンドを立て、発電所を見下ろした。息を整えて汗を乾かしたかった。

もう少し先の坂のてっぺんには左に化学工場の建物と石積みで縁取られたトンネルの入り口が見える。車では何度かこの道は通ったことがある。『ママチャリ友の会』のメンバーの車だったこともあるし、一度はレンタカーを借りて亜弥を隣にこの坂を下った。今日はわけの分からないオヤジの食材を載せ、汗をかいてママチャリを押して上ってきた。千五百円のアルバイトのためと考えても割り切れずに気持ちが冷える。

白い燃料タンクとパイプでつながれた発電施設越しに海面が光る。坂を振り返ると小弓浜の砂浜と青い海が遠い。この発電所は原発事故直後だけ一部の発電機が稼働したが、設備の老朽化で当時からほとんど動いていない。新しく作り直す計画だと回覧板で読んだ。フェンスの網目に両手をかけて、人気のない発電所と海を眺めた。背中を苦しそうな呼吸音を吐き出す上りのランナーが過ぎてゆく。亜弥とのドライブを思い出してから、亜弥の姿と表情が冷えた気持ちをゆっくり体温に同調させた。

亜弥が言い出して二人で東北の被災地へボランティアに行った。震災のほぼ一年後、大学四年生のもうすぐ卒業を迎える頃だった。亜弥が調べ、具体化したのは寒い時期の二月下旬で、宮城県の漁業者の手伝いに行くグループに参加した。金曜の夜、ボランティアを乗せた貸し切りバスに並んで座り、早朝に到着。漁具の整理や掃除を手伝った。夕方にまたバスに乗り、帰着は日曜の早朝だった。

バスの窓から、津波の時に火災が起こり、荒れ果てた焦げ茶色のモノトーンの気仙沼の街を見た。この地に生き続ける人たちの気持ちがどれほど重苦しいことかと亜弥が耳元で囁いた。亜弥と小声で交わした会話、寄りかかる亜弥の髪の香りと肩の感触が生々しく蘇る。亜弥は今頃何して過ごしているのだろう。

亜弥と一緒に街を歩くとき、信号で立ち止まって左に顔を向ければ亜弥も俺の方を見た。いつも左の真横に立ち、俺の方が上背があったが歩くリズムは一緒だった。亜弥は左利きだったから荷物は左手に持つ。そんなことを理由に左に並ぶようになったはずだ。亜弥の姿、仕草、声がどっと蘇ってきた。亜弥は美人タイプではないが、身長が高くてスタイルが良かった。肌がなめらかできれいだった。二人とも初めて異性と付き合った者同士だった。

大学の大教室での概論授業で、いつも同じ席に座る俺に、いつも近くに座る亜弥の方から声をかけてきた。それがきっかけで口を利くようになり付き合いが始まった。記憶に残る最初の亜弥の言葉は「ここからここのところ、寝ちゃったんだ。ちょっとノートを見せてもらえる?」だった。

団子になって大学構内を移動する女子が多い中で、亜弥はいつも一人で行動していた。歩く姿はいつも前傾姿勢で大股だった。顔を正面から動かさず目的地に向かってまっすぐ歩く姿が目について、俺は見かけるたびについ姿を追ってしまうようになっていた。亜弥がノートを書き写すのを近くの席で待っているうちに広い教室は俺たちだけになった。互いのノートを見て初めて名前を知った。

一緒に帰ろうと亜弥に誘われた。その言い方に構えがなく、以前からの友達のようで、ママチャリを構内に置いてあるとは言い出せず、釣り込まれるように「いいよ」と言ってしまった。その日は品川の東口に寄りたいと亜弥の言うがまま降りて、二人で駅周辺をぶらついた。再開発されたしゃれた高層ビル群を眺めながらの亜弥の感想が俺には合わせやすく、俺の感じたこととほぼそのままで、顔を見合わせてよく笑った。

駅に戻って別れるときに家はどこかと訊かれてやっとママチャリ通学のことを話せた。

「えーっそうだったんだー。大学の人でママチャリで通学してる人がいるんだぁ。今度見せてね」

ちょっとずれた受け止め方をして笑う顔が自然で、男を意識して作った表情ではなかった。俺が都内か横浜に住んでいると思ってて、下宿してると思わなかったと言い、半島に実家があると教えたら亜弥はなぜ下宿してるのかと訊くからしばらく駅の構内で立ち話が続いた。あの日の帰り道、俺はこれから始まることの予感にわくわくしながら下宿に戻った。人がいなければスキップしたかもしれない。

二人だけで会うようになり、俺のバイトのスケジュールを睨んで、時には俺が下宿まで自転車を置きに走り、その後で亜弥の選んだ駅で会って周辺を散歩した。山手線の各駅散歩は週に一回か二回。亜弥は「暇で困ることなんてない」と言い切るほどにいろんなことに興味関心のある行動派だった。空き時間は大学図書館にいることが多く、夏休みにバイトで資金稼ぎをして、秋からフランス語会話の学校に通う予定も立てていた。

いつもべったりくっついて過ごすことはお互いのためにならないから会う回数をセーブしようと亜弥の方から言い出した。

「諒くんといると楽しいけど、いつも一緒にいるとお互いに世界が狭くなるよ」

会う日や行き先はほとんど亜弥が決めた。亜弥の誘いを俺が断ることはなかった。『ママチャリ友の会』の溜まり場には顔を出していたが、空き時間に顔を合わせるだけで良かったし、夕方からバイトをしているメンバーが多かったから、しばらくの間亜弥のことはメンバーにも知られずに過ぎた。

発電所のフェンス越しに光る海を見ながら亜弥のことを次々と思い出してしまった。嫌々やってるこのバイトのせいだ。あのオヤジへの嫌悪感のせいだ。あのオヤジが片肘をカウンターについたまま、気障っぽく人差し指と中指で内ポケットから手漉き和紙をつまんで取り出した。あの姿を思い出すとむかついて唾を吐きたくなる。

こんなときはどんな男でも優しい女のことを思うものなのか。亜弥の笑顔、心配そうな表情、映画を見て涙を流す亜弥。印象に残る亜弥が頭から離れない。俺はまだ亜弥が好きなんだ。たぶん。

ガードレールに腰をかけた俺とフェンスの間を三人連れがかなりの速さで走り過ぎる。呼吸音が激しいが、がっちりした体付きと年格好から近くの自衛隊基地の隊員だろう。長谷川さんの同僚だ。

やっと自転車を押す気力が戻った。トンネルは岩見崎の付け根を貫通し、中に入ると下り坂で出口越しに海が見える。トンネルを出て左側の最初の家と言われた。そもそも左側にほとんど住宅はないはずだ。トンネルを出るとさらに急な下り坂。海にぶつかって右へ急カーブ、続いて右手が丘陵の崖、左に海岸。崖が途切れて海水浴場で知られる弧状の海岸線に沿って道路が延びているはずだ。

下り坂のカーブに気を取られるから、トンネルを出る車はすぐ左側の家に気付かない。トンネルに向かう車は離れている分、視界に入りにくい。歩道沿いの石垣が徐々に高さを増して続く。行き過ぎないようにブレーキ音を出しながらゆっくり下ると石垣の中央あたりに切れ込んだスロープの入り口があった。敷地の道路側と正面の海側以外の二方向は照葉樹の森で、道路を挟んだ反対側は崖を削った土建会社の資材置き場。背後はむき出しの白いシルト層の垂直な崖。トンネルからの下り坂は切り通しだった。露出する地層のうねり方がダイナミックだ。この近くによく知られた活断層があり、断層帯から南に弧状の砂浜を挟んでまた大きな断層があってそこを境に半島先端は再び丘陵が海に接する。東日本大震災の直後、ネットでお袋の住む場所の地震と津波の危険性を調べたときに得た知識だ。

砂利がまばらに埋まった幅広の短い斜面を勢い付けて自転車を押し上げた。錆びた蝶番だけが残った古い石柱が左右にあり、上り切った庭はかなり広いが手入れがされていない。細かい砂利が撒かれ、雑草が不規則に勢力範囲を広げて建物に迫っている。夏が来たらかなりの丈の雑草に囲まれそうだ。

光沢のある青瓦を載せた平屋の方形屋根が珍しい。不釣り合いに下見張りの壁板は年季が入って傷んでいる。亜弥が昭和の民家の象徴のようなこの壁板の張り方を教えてくれた。

調和していない濃茶のペンキを塗り重ねた小さな玄関ドアの上に庇も表札もなく家には生気がない。玄関の前にメタリックグレーのＢＭＷが場違いに停まっている。道路からのエンジン音がなければ不気味な雰囲気がするかもしれない。建て主はたぶん別荘のつもりで建てた家だ。生活するには不便すぎる場所だ。あのクソオヤジはよくこの家を見つけたものだ。

海岸方向に一段低い隣の敷地は駐車場。向かいの資材置き場の山側隣の小さな谷筋にしゃれたデザインの住宅が建ち並んでいる。そこの住民専用の駐車場だろう。

次の段に小さなレストラン。レストランの先に病院名が書かれたビルの上部が見えるが、景色のほとんどは海面が占め、陽光に波が細かく反射している。方形屋根の背後にトンネルを穿たれた岩見崎の稜線が見える。これが北風を防いでいるはずだ。この家は太い照葉樹の枝に囲まれているから日当たりはさほど良くはなさそうだ。

ここに住むオヤジのイメージが出来上がっているせいで、敵地に踏み込んだ気分になっていた。どこかから見られているかもしれない。雰囲気に呑まれまいと自分を鼓舞してふてぶてしさが出るように演技して自転車のスタンドを立てた。表札がなくてもこの家で間違いない。俺は探偵兼任だと自分に言い聞かせ、まず家の外観をもっと観察した。ドアの左に曇りガラスの窓。海に面した方を覗くと四分の三はアルミサッシのガラス戸に直してある。ガラス戸の前の庭、雑草の生え際に掘り返された土が少し盛り上がっている。傍に真新しい小振りのスコップが突き刺さり、暗い樹林を背景に柄の白さが目立つ。何を埋めたのか、見てやろうと思ったときにドアが開いた。振り向くと、作務衣を着た総髪に鼈甲縁眼鏡の件《くだん》のオヤジが顔を出した。「ああ、君か」とにこりともしない無愛想にむかついた。

オヤジがドアを開けたまま奥に引っ込んだので、俺は返事もせずに重い米袋を後ろ籠から出し、半開きのドアを肩で押して玄関に入った。半畳ぐらいの狭い玄関の床は古い小さなタイル張りで靴箱もない。高そうな濃茶の革靴とサンダル、新品の雪駄がある。仕方なくやってることを雑な態度で誇示すべく板敷きの床に音を立てて米袋を置いた。三回の往復で自転車の籠の荷物を全て床に並べた。百合おばさんからの予備知識に支えられて心底嫌なやつと思っているから、俺としては精一杯不機嫌を態度に出せる。

玄関の右壁に平らにつぶした段ボール箱が二枚立てかけられていた。引っ越しの名残かと思ったら、手前の段ボールにマジックで宛名が書いてある。オヤジが米袋を抱えて奥に運ぶ隙にもう一枚の宛名が同じことを確認して記憶した。百合おばさんは「山本」はたぶん偽名だと言っていた。おばさんが正しかった。どっちも佐山孝介様と書いてある。反対側をそっと傾けて覗くと横浜市青葉区の住所が見えた。町名と丁目までで番地は見えない。差出人はどこに書いてあるのか見当たらない。そもそも宅配便の伝票が貼られていない。オヤジが戻って来たのでレシートを渡した。「ちょっと待ってて」と言うと、台所前の小さなダイニングテーブルの上にレジ袋から中身を出してレシートと品物の照合を始めた。「チェックするのかよー」と内心うんざりしたが、まだ金を受け取っていない。おばさんから焼酎のお湯割りの話を聞いておいて良かった。でなければもっとむかついた。脇にある段ボールは青葉区の住所だから自宅から誰かがここに運ぶか自分で持ってきたはずだ。もう少し差出人を調べようと思うがオヤジの視界に入る。この方形屋根の家は目の前の板敷きの部屋がほとんどを占めている。中央に何本か黒ずんだ支え柱があり、床は塗り重ねた黒い塗料がはがれてつやを失っている。玄関の左並びに小部屋があるらしく壁が三十センチぐらい突き出してドアノブが見える。左奥にシンクが見え、その横のドアはトイレと風呂場だろう。

部屋の海側は意外に明るい。俺の正面の壁に二人掛けの古いソファーと大きめのテーブルと言うより台があり、絵筆の入った缶なんかが雑然と載っている。ソファーの横に小型の液晶テレビが台に置いてある。ガラス戸の前に絵が載ったイーゼルと丸椅子。下に真新しいブルーシートが敷いてある。絵が少し見える。海を描いた絵ではないことは分かるが何を描いているかよく分からない。俺は探偵に来たんだと改めて自分に言い聞かせると自然に、

「庭からの景色が良いところですねぇ」

よいしょするつもりでご機嫌を取った。演技じみた言い方だが自分の苛立ちを紛らわせるには効果があった。予想通りオヤジの表情が一変した。手を止めて胸を反らせて、「そうねえ」頬の筋肉が動いて歯が出ないように表情を抑え付けている。オヤジはチェックを終えて、食材を冷蔵庫にしまい、左の小部屋のドアを開けて入った。

「四千三百二十六円と千五百円ね。肉は国産でなくていいから」

このオヤジは俺をパシリ扱いしたままだ。千五百円払えば、また持ってくると思い込んでいる。むかついて「もうやらねえぞ」と腹の中でつぶやいた。それが表情に出たせいだろう。

「自転車で坂道大変だったんじゃない？」

急にオヤジの口調が変わった。財布に金をしまって帰ろうとすると、

「ちょっと上がっていかない？　のど渇いてるんじゃない？」

さっさと帰りたかったが、百合おばさんに諭されていた。ここは我慢だ。俺は探偵だ。

「じゃ遠慮なく」と靴を脱いだらソファーに座るように言われた。ソファーにゆっくり歩いて向かいながら、俺は優秀な探偵に戻った。オヤジが流しに向かっている足元に焼酎のペットボトルの特大サイズとカップ麺の段ボール箱が置いてある。ソファーに座ると絵筆が置いてある台の下には週刊誌が積んである。大学教授だから本棚があってたくさん本があると想像していたが本棚も本らしいものもない。小部屋にあるのかもしれない。ソファに向けてあるテレビは音量を絞ったままついている。お茶を俺の前に置いて、オヤジはイーゼル前の丸椅子に座った。

「こんな場所にある家をどうやって探したんですか？」

素朴な疑問だ。このオヤジが自分の足を使って探すはずはない。

「……静かで、絵が描けるようなところ……不動産屋にね」

声のトーンが落ちて言葉を選んでいるみたいだった。そこで話が終わったから話題を変えた。

「その絵は完成しているんですか？　きれいですね」

青みがかったグレーのグラデーションが横縞に並んだだけの絵だ。見方によっては色のサンプルだが、きれいに見えたからそう言ってみた。タバコを取り出したオヤジの頬がひくひく動いてタバコを咥えるのに時間がかかった。思った通り声のトーンが戻って言葉と裏腹に得意げな言い方に変わった。

「こんなのばっかり描いてるよ」

こんな絵は海が綺麗に見えるこの家でなくとも描けるのではないかと思ったが俺が訊く前に、

「君は、今、仕事は？」

俺が最近会社を辞めたことを言い終わらぬうちに、かぶせるように自分の娘が大手メーカーのデザイン部にいると自慢話を始めた。俺の話はどうでも良かったわけだ。反射的にまたご機嫌取りが出た。

「お父さんの才能の影響ですか？」

外回りの営業を思い出した。大きな駅ビルにある大型文具店に行ったとき、店長不在で副店長が出てきた。その三十代の男が最悪だった。俺を「出入りの業者」と呼んで「忙しいから短めにして」と鼻先で対応された。持ち込んだ商品見本を丁寧に説明して、ご機嫌取りをした。こんなやつにまで媚びなくてはいけない仕事が情けなかった。あのときのぼろいソファーの座り心地の悪さと似ていた。

「君の名前は？」

俺が答えると、かぶせるように、

「ご両親は？」

なんでこいつに面接されるようなことを訊かれるんだと、またむかついた。表情に出して無視したら、

「お父さんはどんな仕事？」

ときた。両親は離婚して母親と二人暮らしと答えると、またしゃべり終わらないうちに、

「この春に大学を退職してねえ。定年まで二年あるんだけど、のんびり描きたくなってね」

面倒になって俺もかぶせるように訊いた。

「ママから聞いてます。どちらの大学にいたんですか？」

「まーたいしたとこじゃあないよ。美大だけどね」

いくつかの美大名をぶつけて確かめようかと思ったけど、本名が分かったからネットで調べればヒットするだろう。

「こんないい環境で悠々自適な生活ができるなんていいですねー」

ゴマすりも悪意を隠してやればすんなり口にできる。俺がこの年齢の男にこんなに緊張しないで内心軽蔑しながらしゃべるのはたぶん初めてだ。

「いやぁ、古い建物だから一年住んでみないと何とも言えないけどね」

今日はここまでで十分だと思う一方、余裕があって居丈高になれそうな自分の演技力が新鮮な発見だった。このオヤジが閉口するまでここに居座ったらどうだろうと性根の悪い自分を意識した。でもオヤジが閉口しないで、意気揚々と自慢話を並べる可能性が高いと考え直し、出涸らしのようなお茶を飲み干して立ち上がった。それにしても今日の俺はなんて落ち着いていられるのだろう。相手を見下すと気持ちにゆとりが出るものなのか。

狭い玄関でスニーカーの紐をゆっくり結び始めると、ドア越しに車が砂利をつぶしながら庭に入ってくる音がした。車を降りる音がして、続いて勢い良く目の前のドアが開いた。いかにも不機嫌で、眉間に皺を集めた女が入り口の長方形の枠に現れた。視線を女の顔に上げるとき女の足元にダンボール箱が二つ重ねてあるのが見えた。「おお、お前か」とクソオヤジが反応したから、この女はオヤジの自慢の娘だと直感した。娘は俺の姿に気付いても態度も表情も変えずに不機嫌なまま黙ってドアのノブを持って俺に道を譲った。強気になっていた俺はオヤジにも娘にも挨拶せずに外に出た。ドアの真ん前に突っ込むように軽のワンボックスが停めてある。俺が出ると、娘はすぐに二つの段ボールを汚い物でも入っているように身体から離して持ち上げ玄関に入った。ドアは開けたままだ。

「いい加減にしてよ。自分の車があるんだから必要なものは自分で取りに来ればいいいでしょ。わけの分からないこんな荷物、何で私が運ばなきゃいけないのよ」

怒り狂った様子で出てきて、車の後部に回り、紙袋を手首にかけて段ボール一つを顔を背けるように両手で挟んで運び込んだ。臭いがするのだろうか。段ボールには宅配業者の伝票が貼ってあった。俺は自転車の前後の籠にゴムの網カバーをゆっくりかけ直し、さらにゆっくり車を避けて自転車を押し出した。背後から金切り声というべき娘の声が聞こえている。

娘はたぶん三十歳を超えている。オヤジは自慢していたが、怒りを隠さないから不細工な女にしか見えなかった。服装もスウェットとジーンズでメイクの様子もない。日曜日に横浜の北の端から嫌々オヤジに頼まれた物を運ばされてご機嫌斜めというところか。オヤジとは内心バカにしながらも話せるが、初対面の怒り狂ったきつそうな娘と面と向かって話をする心の準備はできていない。探偵としては収穫大ゆえにさっさと自転車を押して歩道に戻った。

トンネルを出てからの下り坂は爽快だった。しばらくは人家もない。対向車が減っているから、背後からの車は俺の自転車を余裕で避けながら追い抜いていく。俺は声を出して笑っていた。あんな単純でわかりやすいバカオヤジもいるんだ。百合おばさんのくれた予備知識通りに反応していた。おまけに予期せぬ娘の登場で、娘に怒鳴られたことも目撃してしまった。あの様子では、娘は父親を尊敬などしていない。俺の不快感は顔に当たる風に向かってオヤジを大声で罵倒し嘲笑することで吹き飛んだ。

お袋は買い物に行くと言っていた。先に自転車の鍵を返しに中棲屋家のチャイムを鳴らした。出てきたのは茉莉ちゃんだった。玄関前にバギーが置いてある。鍵を返しながら、

「おばさんは？」

「買い物。すぐ帰るから上がって待っててもらえって。配達に行ってたんでしょ？」

俺は探偵の成果があって勢いがあった。

「旦那さんは？」

「ゴルフ」

茉莉ちゃんはコーヒーを淹れ始めた。娘の桃香ちゃんは万歳姿でソファーに眠っている。一面の壁のほとんどを占める大きな木製棚にはいろんなジャンルの本が詰め込まれている。棚の端の小机にノートパソコンが置いてある。茉莉ちゃんに断って「佐山孝介」を検索してみた。退職したと言っていたが大学のホームページの古い記事にあった。聞いたことのない小さな美術大学だった。ヒットした新聞記事にも同じ名前が高校の校長としてあった。記事は地方版で高校の文化祭の紹介記事だった。

「この人が今日届けた人なの？」

茉莉ちゃんがコーヒーを置いて後ろから覗き込んだ。

「たぶんこれだと思う」

「もう辞めてるんでしょ？」

ドアが開いて百合おばさんが帰ってきた。レジ袋を提げている。

「諒クン、行ってきたー？」

「はーい。宅配終了でーす」

「なんか分かった？」

おばさんもテーブルにレジ袋を置いてからパソコンの画面を覗き込んだ。

「本名はこれみたいですよ」

画面を指さした。おばさんはじっと見て、

「やっぱり偽名だったのね。でも美大の教授だったことは本当なんだ」

大学のホームページの職員の履歴紹介から逆算して年齢が符合する高校の校長の同姓同名の記事も見せた。

「高校の校長だった人が大学の教授に移ったってことになるわよねぇ」

おばさんが、

「そうだ、訊いてみよう」

と言って携帯を取り出した。高校の教員をやっている劇団の仲間に問い合わせているらしい。しばらく話してから「あるんだって」と携帯を閉じた。

「何年か校長やって退職して大学に移る人がいるって。教員免許に必要な授業の担当をするとか、教育委員会と大学のコネがあるんだろうってさ」

おばさんはまた俺の後ろに回ってパソコンの画面を覗き込んだ。

隣の部屋のドアが閉まる音がした。お袋が買い物から戻った。おばさんはさっと出て行き、すぐにおばさんの後についてお袋が入ってきた。俺の報告会が一回で済むことになった。

お袋は贔屓《ひいき》の洋菓子屋からフルーツタルトを買ってきた。茉莉ちゃんが喜んだ。百合おばさんは茉莉ちゃんにコーヒーを追加させて皿を並べ、お袋に切り分ける大きさを指示して、残りは持ち帰りなさいと言う。お袋は早く食べないとおいしくなくなるから全部食べようと言うし、茉莉ちゃんはこれが大好きで他の店の物とどこが違うかをしゃべる。姦しい。女がちょうど三人いる。そこで桃香ちゃんが顔を赤くして伸びをしてから目を開けた。この部屋に女は四人だった。お袋が最初に気付いて、桃香ちゃんを抱き上げ、茉莉ちゃんが受け取って膝に乗せて自分はケーキを食べ始めた。おばさんがほ乳瓶を持ってきた。二人の中年おばさんはやかましく桃香ちゃんに甘ったるい声をかける。大人の女たちが三人。三人官女というより三人姦女。俺の報告会がなかなか始まらない。

茉莉ちゃんはおばさんから話を聞いているからクソオヤジについて予備知識がある。俺は住まいの外観から話した。BMWが停めてあったこと。庭に真新しいスコップがあって何かを埋めたか埋めようとしていた様子だったこと。どうやってあの目立たない場所の家を探したかを聞いたとき、歯切れが良くなかったこと。クソオヤジの横柄な態度とレシートのチェックをしたことと娘自慢。イーゼルにかかっていた絵やオヤジが作務衣を着ていたことも加えた。三人の女たちはケーキを食べながら集中して話の先を促した。俺は思い出しながら『アローボウ』で話してないことで、定年前に大学を辞めていること。たたんだ段ボールがあって、宛名が妙だったことを加えた。段ボールが引っ越しのときのものじゃないかと茉莉ちゃんが首を傾げたが、おばさんは引っ越しは一か月以上前のはずだから段ボールは引っ越しに使ったのではなく、引っ越し後に青葉区の自宅に誰かが送りつけた物をあの家に運んできたと考える方が自然だと言い張る。

おばさんが話を戻した。

「諒クン、定年前に大学辞めたって言ってたわよね」

「のんびり絵を描きたくなったんだってさ」

「そのセリフは聞いているわ。でもあんな男が定年前にあっさり大学教授辞めるかしら。諒クンにも大学教授だったことを言ったんでしょ？　『アローボウ』でも常連さんと話すたびに教授だったって言いたがったもの。肩書き大好き人間なのよ。……さっき諒クンがネットで調べてさ、校長辞めて美大に移って七、八年しか経っていないのよね」

　お袋が頷いてから、

「何か大学でトラブル起こしたんじゃないのかな。不自然だもの。聞いたことのない美大だからさ、こう言ってはなんだけど、才能ある学生はそんなにいないでしょ。だから教授は逆に楽できるんじゃないの？　教授を名乗れて給料もらえるのに辞める？　不自然よ」

　言われてみれば不自然だと思ったが、絵を描きたくなったと言っている以上のことを本人が言うはずはない。

「大学では絵を描けないほど忙しかったのか訊いてみようかな？」

　俺は思わず前のめりになって口にしたことをすぐ後悔した。おばさんはすかさず、

「なんで自分で買い物しないのかとか、偽名まで使って、あんな場所に越してきたかがはっきり分からないものね。探偵の仕事は終わっていないわね」

　茉莉ちゃんが苦笑いして、

「諒ちゃんはお母さんに捕まっちゃったね。昔っから好奇心が強くて野次馬なんだから」

茉莉ちゃんは小学生の頃の話を始めた。なぜ女の子は立っておしっこをしてはいけないのかと百合おばさんに訊いたとき、おばさんは昔の農村では女も立ってしたことを教えてから、さらに調べ始めて江戸時代の町には、男女にかかわらずできる立ち小便用の桶が農民によって置かれていた場所があったこと。明治に入って着物で生活していた頃、金持ちの家には女の立ち小便用の朝顔をつけた便所があったことまで調べたと笑いで中断させながら話してくれた。おばさんは、

「女性用の小便器の話をしたら、劇団の仲間が北海道旅行で行った鰊《にしん》御殿で実物を見つけて写真を撮ってきてくれたのよ。見せようか?」

「いい。今度にして」

お袋は笑いながら断った。

確かに百合おばさんの好奇心は半端ない。俺が学生の頃、「彼女とうまくいってるの?」に始まって、どうやってムードを作るのか、セックスのときはリードされる方かリードする方かと訊かれた。それも矢継ぎ早に質問を重ねるから、捕まると堪らない。逃げないと誘導されておばさんの知りたいこと全てに答えてしまう。

「まだ話は終わっていない」

俺はわざとらしくコーヒーをひと口飲んで厳かな声色で三人をリセットさせた。

「なんと、帰ろうとしたとき、オヤジの自慢の娘が突然来た。車で」

三人が揃って驚いた。茉莉ちゃんが今日は日曜日かとつぶやく。

「遊びに来たの？」とお袋。

俺は娘がものすごく不機嫌で、配達伝票付きの段ボール箱を運んできてオヤジに怒鳴った模様を話した。

「また段ボール？」

「やっぱり青葉区から運んでいたんだ」

「何が入っているのかなあ」

三人がてんでにつぶやく。百合おばさんは、

「諒クン、庭に何か埋めていたって言ってたよね。段ボールの中身じゃない？　娘さんが嫌そうに顔を背けていたんでしょ？」

茉莉ちゃんが顔を上げて、

「そうか、それだ。汚い物が入っていることが分かってるんだ」

「そんなあ。だって伝票が付いているってことはお金払ったんでしょ」

お袋は疑う。茉莉ちゃんが続ける。

「ありうる。友達が中学の友達に聞いたって話していた。嫌いな教師に宅配ピザなんかを

大量に注文して送り付けたり、犬のウンチをラップで包んで宅配で送ったりする生徒がいたって」

あの新しいスコップは中身を埋めるためで、段ボールに汚い物が入っていたと考えれば確かに納得がいく。

「見えてきたわねー。怯えているんだあのオヤジ、青葉区の自宅にいると嫌がらせを受けるから、こっちに来たんだ。偽名を使ったり、明るい時間帯を避けて来るでしょ。スーパーやコンビニに運んでもらうことを嫌がるのは住所や本名を隠したいから諒クンに頼んだんだ」

百合おばさんが腕組みをして合点している。

「それなら『アローボウ』なんかで自慢していないでおとなしく隠れて暮らせばいいじゃない」

茉莉ちゃんが不服そうに言う。

「まともに考えればその通りよ。大学辞めたばっかりでしょ。一人暮らしを始めたでしょ。誰も自分を見てくれる人がいなくなったのよ。褒められたり認められていないと不安で落ち着かない男なのに。だから『アローボウ』に来るのよ。そうよ。不安だからうちみたいに目立たない裏道の店に来たんだわ」

俺を含めた一同がおばさんの分析に感心した。

「嫌がらせなら、警察に相談すればいいのに」

とお袋が言うが、おばさんはさらに腕組みをしたまま言い切る。

「誰かを傷付けることをしてきたのよ。本人に思い当たることがあるのよ。気が小さい男だから、後ろめたくて警察に行けないんじゃないかな。あの男はジコチューの典型だから、周りの人間のことを考えられる人間じゃないからね。校長みたいな権力を持つと嫌な思いをさせられた人間は多いわよ。きっと」

「俺もむかついたなあ。アルバイト代払っているんだから当然みたいなでかい態度だった。だからこっちもむかついていることを態度に出したら、とたんに機嫌を取るんだ。ほんと気の小さいバカオヤジ」

「どんなに高価な服装してても中身がばれたらみじめねぇ」

お袋の言い方は自分に言い聞かせるようで張りがなかった。

「だけどそんな人が校長になる前には先生やってたんでしょ？　生徒たち嫌だっただろうねえ」

茉莉ちゃんは俺に同意を求める。

「生徒に慕われるはずないし、生徒が評価するはずないでしょ。でも誰かがあのオヤジを評価したから校長になれたんでしょ。評価する目が節穴の大バカがいるってことね」

おばさんが引き取った。

「その後で大学教授になるってどういうこと？　学生には迷惑でしょう？」

呆れ気味にお袋が添えた。おばさんがお袋に電話で友達から聞いた話を説明した。

クソオヤジの謎のあらかたがおばさんの推理で分かってしまった。探偵の仕事はなくなった。

「でもウンチを段ボールに入れて送っている人も相当変な人だねー」

茉莉ちゃんが話にのめり込んでいる。ウンチかどうかまだ確認できていない。

「高校にいたのはずっと前でしょ。大学生がやっているのかしら」

お袋が茉莉ちゃんを見る。

「大学生だったら大学を辞めた時点で終わりよ。わざわざ宅配便でお金を使ったりしないでしょ。高校生や大学生じゃなくて大人よ」

おばさんが断言した。全員が嫌な気分で沈黙してしまった。クソオヤジの話は少しも面白い話に発展しそうになかった。

「今日も大須賀さんはゴルフ？」

お袋が茉莉ちゃんに訊いた。話題を変えたいのだ。

「今日もフェリーで千葉のどっかだって。彼はクライアントの部長の誘いだから仕方ないって」

「フェリーだったら帰りに茉莉ちゃんの家に寄るなんて言われない？」

「私、嫌だから、実家に行って留守だからって断るように言った」

「取引先の人間を誘って一緒にゴルフに行きたがる神経がね、山本、じゃなかった、佐山オヤジと共通しているわね。相手が自分に気を遣うのを何とも思わない神経。嫌なやつよねー」

とおばさん。

「彼だって嫌でしょうがないのよ。だったら行かなきゃいいじゃんって言うんだけど、その会社からの発注がなくなったら大きなダメージなんだってさ」

女性三人は肩を落とす。茉莉ちゃんの旦那に同情するのではなくて、眉間に皺を寄せて、なんてバカなことをやっているんだと呆れてため息をついているように見える。結局、話の大きな流れは男はアホばかりということになって、俺は話題に加われない。

「さあ、桃香、パパが帰って来るからお家に帰ろうか」

茉莉ちゃんが桃香ちゃんを見つめて話しかけた。茉莉ちゃんは母親の慈しみの表情に変わっていた。

残った三人は、百合おばさんの部屋で晩ご飯を食べることになるらしい。茉莉親子を見送ると、おばさん二人は早速今週末に百合おばさんの実家へ行く打ち合わせと開店計画中の店の話を始め、俺の居場所はもっとなくなった。

六

お袋の移住計画という爆弾で俺の足元が崩れ落ちるクライシスが間近に迫り、再就職について早急に考えなければならなくなった。夢想したヒッキープーの生活はお袋が同居して働いていることが前提だから可能なことだ。ばかなことにそのときになって気付いた。ネットで仕事を探して慌てて就職しても、また同じ繰り返しになりそうだ。俺は銀行口座の残額を計算し、お袋がいなくなったらこれで食いつなぎ、今焦っても仕方がないと開き直った。

翌日の月曜日が祭日だった。ゴールデンウィークが始まる。最近見ていなかったカレンダーに目をやるのもどこかで追いつめられている気分の反映なのかもしれない。哲ちゃんは休めるのだろうか。会って話したくなって電話した。呼び出し音が鳴っても出ない。諦めて切って一分もしないうちに哲ちゃんからの電話が入った。

「諒ちゃん？　ごめん今店の手伝いしてて手が離せなかったんだ」

「えっ、今日はラーメン屋で働いてんの？」

「休みの日の昼間はよく手伝うんだ。お袋が休めるからさ」

「ごめん、じゃあまた電話するわ」

「ちょっと待って、明日は一日休みなんだよ。今度は俺の部屋に来ない？」


哲ちゃんのマンションは電話の説明だけで場所の見当が付いた。三年くらい前に亜弥と要塞だった島に行ったときに歩いた道沿いだ。亜弥は公園から出る小さな渡し船の喫水線が近くて手を伸ばせば海面に届きそうなことに興奮していた。そのときのはしゃいだ声音を思い出した。

哲ちゃんはマンションの四階のベランダから手を振って待っていた。中央駅の駅前通りと並行する裏道沿いで、海側には車の多い国道があってかなりの騒音が聞こえる。部屋の向きは逆だから中に入ると意外と音が気にならない。外観だけが綺麗で築年数もエレベーターも古くて部屋代は安いらしい。哲ちゃんの部屋は「掃除したんだ」とはいえ、コンパクトに整頓されたワンルームだった。部屋にはテレビ兼用のディスプレイの大きいパソコンがあり、一番目立つのは大きな二つの本棚だった。劇画本が棚の片隅に十数冊ある程度で、小説以外には社会問題や政治問題を解説するような本と環境問題を扱った本が多い。まじめな学生の部屋に見える。俺も本好きな方だが、哲ちゃんは『ママチャリ友の会』のメンバーの誰よりも読書家かもしれない。

「うちの会社は基本土日が休みだけど、工場の一部を解体するとか土日じゃないとできない仕事がよく入るからさ、子供がいる社員は優先的に外されて、独身者が中心に土日出勤をやって、平日に代休になるわけ。今日も仕事が入ってていつもなら出勤なんだけど、俺だけ代休なんだ」

「昨日の日曜日は店の手伝いだろ。休めないじゃん」

「土曜はやらないし、いつもってわけじゃないからさ。お袋も日曜に休めると、友達と出かけられるじゃん。晩飯はほとんど店で食わしてもらっているだろ。そのくらいしないとさ」

コーヒーメーカーを準備しながらキッチンに立つ哲ちゃんの声が明るい。俺は座って本棚を見上げていた。

「俺さあ、定時制に入って最初のうち、学校に行く道が嫌でさあ。中三のとき俺と大して成績の変わらなかったやつが全日制にいてさあ、俺は同じ高校の定時制で夕方登校するだろ、向こうは制服で下校じゃん。俺は登校で私服ですれ違うこともあるわけさ。顔を上げて歩けなくて、落ち込んだよー」

知らなかった。想像してみればすごく残酷なシーンだ。俺の高校に定時制はなかったけど、全日制と定時制が同じ高校にあれば日常的にあることだ。中学の成績で輪切りされている高校の序列のランク外に見られている定時制の生徒には、哲ちゃんみたいな事情の生徒だっているはずだ。中学の同級生とすれ違うことがあったとしたら、誰にだってその惨めさが分かる。本人のせいではないのに。どうしてそんな無神経で残酷なことを続けているんだろう。哲ちゃんを傷付けたあの天然ボケの中学の担任に腹を立てたときを思い出した。生徒の感情って考慮しなくていいことなんだろうか。

「でも成績が足りなくて定時制しか入れないで来たやんちゃ連中が夏休み前後にどんどん辞めるんだ。クラスが落ち着いて、残った中に友達ができてさ、やっと俺の居場所だと思えるようになったよ。その中の友達が面白い本を教えてくれてさ、バイトで小遣いが使えるようになって、本屋に行くようになって、本が面白くなって、本が増えてきたわけ。定時制を卒業してから、大学の二部に行くやつもいてさ、俺も少し迷ったけど、今の会社でバイトしていただろ。社長と専務が俺を正社員に採用したいってお袋に会いに来てくれてさ、卒業して正社員になったろ。結果的に大学に行かなかったから常識的なことは身に付けたいからよけい本で勉強しようと思ったわけさ」

「そうかぁ。……中学のとき、哲ちゃんは授業をまじめに聞いて、成績もいい方だっただろ。だから引っ越してもどこかの昼間の高校に入っていると漠然と思ってたよ。でもこんなに読んでいるやつはそんなにいないと思うよ」

哲ちゃんは昔と変わらずまじめなまま大人になった。厳しい境遇でも変わらなかった。哲ちゃんは自慢する様子もなくむしろ少し照れた表情で、コーヒーのマグカップ二つを持ってきて、ガラスの嵌ったしゃれた座卓に向き合ってあぐらをかいた。

「俺は小遣いもめったにもらえなかったから、学校帰りに諒ちゃんに何度も温かい酒まんじゅうおごってもらったじゃん。忘れられないよ。この本だってバイトしてから買えるようになったんだ」

あの頃哲ちゃんが小遣いをほとんどもらっていないだろうと思っていた。俺の方は毎月もらっていたからたまには哲ちゃんにおごったこともあった。哲ちゃんはいつもまず「いいよ」って遠慮した。あの頃の俺は少し偉そうだったかもしれない。

「家に金がないってことが分かっていたから、欲しい物があっても言い出せないで我慢するじゃん。それが続くとコンプレックスの塊《かたまり》になるよな。だから一緒にいて面白い話ができて、威張ったりしない諒ちゃんがいてくれて、本当に良かった。ちび二人組の俺たち、バカにされていたかもしれないけど、俺がいじめられずに済んだのもいつも頭のいい諒ちゃんが一緒にいたからだと思うよ。……この前『アローボウ』で話してから昔のいろんなこと思い出して、つくづくそう思ったよ」

大人になった哲ちゃんがしみじみした口調で語っている。哲ちゃんの辛さと当時の俺の寂しさを思い出してじんわりしてしまった。

「お互い様だよ。この前俺も言ったじゃん」

「諒ちゃんも家で何かが起こっていて話せないことがあるって感じていたから、諒ちゃんと一緒にいられたと思うんだなあ。中学生のガキが互いに気遣って、それでも一緒にいて楽しかったのは不思議なことかもな」

「今なら話せるけど、中学生じゃあ言えないことがたくさんあったよなー」

「自意識過剰な年頃だからな。でもさ、この前から考えているんだけど、俺が中坊の頃にできなかった話をできるようになれたのは、自然なことではなくてさ、俺自身が成長できたというかあの頃のコンプレックスを少しは克服できたってことかなって思うんだよ」

哲ちゃんのような思考の深さというか自分自身に対する洞察力を持つ友達は、これまで俺が付き合ってきた中にはいない。

「哲ちゃんは、なんか、階段をさ、一段ずつ確実に上ってきたというか……すごいと思うよ。俺なんか足踏みばっかしていた気がするよ」

哲ちゃんがまた照れた表情で話を変えた。

「会社で昼飯をみんなで食っているときに、『アローボウ』のママの話になってさ、男は全員行ったことがあるから、ママが独身で美人なのは知っているんだ。諒ちゃんの話をしておいた。その後、あのママの頭の回転の速さとか男勝りの気っぷの良さがなかったら、争奪戦がすげえことになっているだろうって話になったよ。諒ちゃんが言うようにママは半端な男じゃ相手になれないって結論だった。だから顔見るだけで満足しようって協定結んだ。ハハハ」

「そうだ、言い忘れていたけど、ママには孫が一人いるんだぜ」

哲ちゃんが達磨のようにあぐらのまま横に転げた。

「誰も想像してねえよー。……ママの歳は？」

「四十代後半」

「見えないよなー。若いよぉ」

「哲ちゃんの仲間には内緒にしといた方がいいんじゃゃない？」

「ママに怒られそう？」

「そんなことない。百合おばさんは」

「絶対ショック受けるやつがいる。内緒にしとく」

笑いが収まったところで昼飯にしようと俺が買ってきたシウマイ弁当を開けた。

俺は弁当を食べながら件のクソオヤジの話を始めた。なぜか軽い笑い話のように話を切り出してしまった。哲ちゃんが自分と比べて、すごく大人になっていたというか人間として大きくなっていることを思い知らされたせいで、自分を卑下してしまった。俺はクソオヤジにたくさんの苛立ちや怒りが溜まっていたはずだが、哲ちゃんにとってはつまらない話で聞き流すだろうと思い込んでいた。でも哲ちゃんは笑いもせずに間に質問を挟んで聞いてくれた。俺はだんだんへらへらした調子から、普通に説明する口調に変えた。最後に百合おばさんの見方を話して終えたが、哲ちゃんは食べ終わった弁当箱を黙って紐でまとめながら眉間に皺を寄せ、真剣で不快そうな表情をしていた。哲ちゃんが引っ越してからの苦労の日々に比べ、俺には全くたいしたことが起こっていない毎日だったから、せめて笑えるだろうと思った話題を提供するつもりだったのだが。

「俺もママの見方が正しいと思うなあ。たぶん気が小さいだけで、傍から見ればたいしたことのないことにびびっているだけだろ」

やっと哲ちゃんが口を開いた。

「俺はさ、お袋と一緒にオヤジから逃げ出してから何度も、何で俺たちはオヤジから逃げ出さなければいけなかったんだろうって考えたよ。昔はあんなにひでえオヤジじゃなかったんだ」

哲ちゃんがあぐらをかいたまま視線を落としてしゃべった。

「定時制の仲間には二コ上とか五コ上の人もいてさ、話のレベルが高くてやっぱり年上はすげえなぁと思って影響も受けたよ。だから大人になるとみんな人間的に大きくなると思い込んじゃうんだよな。でもさ、実際には若いうちに人間的な成長が止まっちゃうやつが多いんじゃないかって、そんな話をしたことがあったよ。もちろん俺のオヤジをイメージしたんだけどな。そしたら女の先輩がさ、男の場合ならその通りだ。だけどたいていの女は子供を産むと変わるって、子供を育ててる元ヤンキーの友達がどんどん変わっていく話をしてくれた。説得力あったなあ。男は子供を産まないし、子育てを女に押し付けて何とも思わないやつが多いから、中身が子供のまま変わらずに年だけ取って気付かないバカが多いんだってさ」

「哲ちゃんの定時制の友達ってすごくない？　俺の大学の友達にそんなこと話せるやついないよ」

「みんなってわけじゃないよ。中学校でやんちゃやってて成績が悪いやつもいたし、やんちゃで昼間の高校中退してから来たやつも結構いる。南米からのニューカマーの子供が何人かいたけど日本語がなあ……。中学で不登校だったやつが意外に多くてさ、そいつらは元々勉強できても欠席が多いから内申が悪いだろ。それで全日制に行けなかったけど、定時制には不登校だったやつが多いからかなあ、不登校が治っちゃうやつが多いんだ。それからいろんな事情で働かなくてはいけなくて中卒でバイトして、でも高校は卒業したいからって遅れて定時制に来た人もいて、その年上の人たちがたいてい親で苦労してるから俺はたくさん教えられたよ。母親と特に娘の問題は毒親とかいってかなり本も出版されているから知る機会もあるけど、俺は男親の影響でゆがむ子供の人生だって、たくさんあると思うんだよなぁ」

俺は本屋に立ち寄ることが多い方だ。亜弥と一緒だったこともある。

「母親の問題を扱かった本は結構あるよな。確かにオヤジの影響を扱った本は少ないかも。……男には成長がないまんま年だけ取っているやつが多いって、本当かもしれないなー」

俺は哲ちゃんの話に感じ入ってしまった。俺が考えたことのないことを本当に良く知っている。

「さっきの話のオヤジも俺のオヤジもその口だろ。どっちも幼稚なガキだろ」

「俺のオヤジもその口かもしれない」

「いい年して中身が子供だと周りが迷惑するよなー。……諒ちゃんはオヤジからどんな影響を受けたと思ってる？」

「そう言われてもなぁ。あの人は存在感がなかったから。……俺は他のやつよりも、年食った男に過剰な気遣いしちゃうところがあるんだ。自分のオヤジのイメージがないからどうしていいか分からないじゃん。あのクソオヤジもすごくうざいんだけど、おばさんからの予備知識がなかったら、面と向かって露骨に不愉快な顔なんてできなかったと思うよ」

「なるほどな。でもそのオヤジの家に行ったことが諒ちゃんのいい経験になったわけだ」

「ああ、そうかも。初めてあの年格好の男を上から目線で見られたよ」

「俺の会社の社長、おやっさんな、面白いだけじゃなくてほんとにすごい人なんだよ」

哲ちゃんが座りなおして身を乗り出した。

「三・一一の震災。俺は会社にいたけど、四人が現場に出ていてさ、揺れが収まってから現場の四人が無事かどうか訊こうたって電話つながらなかったじゃん。小さな工場を解体して、工作機械の引き取りと骨組みの鉄骨を積んでくるはずだったんだけど、解体中の現場は大きな地震だと崩れやすくて危ないんだよ。分かるだろ？　それで社長から俺が時々通勤で使ってるバイクで現場に行って、無事を確かめてすぐにこっちに引き上げるように連絡してくれないかって頼まれたんだ。車だと渋滞してるかもしれないからって。それで俺は金沢区の埋め立て地までバイクで行ったのさ。持ち込んだ重機を載せてすぐ会社に戻れって言いに。みんな無事だったけど、帰り道が混んでてさ、俺がバイクでトラック二台を先導して、時間かけて会社に戻ると、電車が止まっていたこともあるんだけど、男は全員残っていて、社長中心に被災地に応援に行く相談しているんだよ。俺はそのとき初めてテレビで津波の映像を見たんだけど、社長が食べ物や水が必要なのは分かるが、うちには重機とそれを扱える人間がいる。それを生かしてやれることを考えろって言うんだ。もう話はかなり進んでいて、とりあえず一番近い福島の浜通りの町に行くことは決まっていて、どの重機を運ぶのがいいか相談してんだ。一台しか運べないからさ。あのときの社長がかっこ良くてさあ。金のことなんかどうでもいいからできることをしてやるのが人間の務めだって言い切って、社員全員がびしっとその気になったなあ。家庭のある社員は残っていつもの仕事、独身者三人が重機を載せて福島に行くことになって俺も入ったわけさ。テレビを見ながらおやっさんが、水が引いてもこのがれきでは道路が使えない。救援にも入れないはずだから道路のがれきをどける作業が最初に必要だ。それならブルを持って行くか、ショベルにバケットかフォーク、どっちを付けるのがいいかを話して、家の残骸に人が挟まっているかもしれないからブルはやめて、現場から戻ったばかりのショベルにフォークを付けて持って行くことに決まったんだけど、向こうには燃料もないだろうし、三人の食料もないだろうから、必要な物のリストを作ってから解散して、翌朝集まって買い出しに行ったんだ。覚えてる？　店で開いているところがほとんどなかったじゃん。取引先とか知り合いに頼んで非常用の水とか食料を集めて出発したのが夕方よ。車に付けるテレビを持ってる先輩がトラックに取り付けてくれて、ノートパソコン持って情報を集めながらとりあえず走り出したのさ。福島に行くつもりが原発が爆発しただろう。予定を変えて、手伝えそうなところに行けって社長から指示されてさ。いつもと違って社長がずっと真剣でさ、俺たち全員が命令された兵隊みたいになってたよ。重機載せて『支援』ってでっかく描いて前に貼って行ったから交通整理の人に感謝されて、燃料を積んでいるのも見逃してくれて、思ったよりスムーズに宮城に入って、後は夢中だったな。最初は交代で二十四時間ショベルを動かして、それから毎日暗くなるまで道路がどっちに延びているかを探しながらがれきを少しずつどかしてさ、俺は先輩ほどショベルの運転がうまくないから、懐中電灯でがれきの下を覗いて、人がいないかを確認して合図するんだ。遺体が見つかると警官呼んでさ、あれは辛かったなー」

哲ちゃんの話に間が入った。光景を思い出したみたいだ。

「一週間作業してるうちに、どんどんいろんなところから重機が入ってきて、俺たちは燃料も食料もなくなってきたし、トラックに一人とぺらぺらのテントに二人に分かれて寝てただろ。寒いし寝不足で疲れが溜まってきてさ、風呂に入ってないからお互いに臭うんだ。社長と連絡取って引き上げてきたんだけど、社長としては重機出して燃料も俺らの給料も出して手伝ったわけだろ。すごい人だと思ったなあ。……俺のオヤジとかさっきの話のオヤジはあんなことやれないし考えもしないと思うんだよ。自分のことばっかりだからな」

「確かにそうだな。哲ちゃんの言う通りだと思う。俺のオヤジも自分から他人を助けようなんて考えないだろうなぁ。……哲ちゃんの言いたいことは、父親って言うのは社長みたいな人柄であってほしいってことだよな」

「て言うか、おやっさんのやったことは誰にでもできることじゃないじゃん。だけど金がなくて何もできなくても、少なくとも困っている人間のことを考えられる人間であってほしいっていうことかな」

しばらく二人とも沈黙したが間が持たないという気まずさはなかった。俺は哲ちゃんにまた教えられていた。俺はクソオヤジが嫌なやつで腹を立てていただけだった。哲ちゃんはクソオヤジみたいなやつの罪深さみたいなことを見抜いている。

「哲ちゃんは本格的な救援やったんだ。すごいよなぁ。俺は一日だけのボランティアしかやってないからなぁ」

「諒ちゃんも行ったんだ。自腹切って行くんだろ？　たいしたもんだよ。一人で？」

「彼女と二人で」

「いいなあ。彼女に行こうって言ったとき嫌がらなかった？」

「逆、彼女から行こうって言い出した」

哲ちゃんは背筋を伸ばして驚いた。

「ええっ、そんな娘《こ》、いるのー。社長だったらすぐ結婚しろって言うぞ。で、この前諒ちゃんはその彼女と別れたとか言ってたよな？」

「はっきり別れたわけじゃないけど、全然会っていない」

「どうしてー？」

そう訊かれても簡単に説明できないけれど、話を逸らそうと思うよりも、今日は哲ちゃんにこれ以上隠しては悪いと思った。

「嫌いになったわけじゃないんだけどね……」

哲ちゃんは亜弥のことを「どんな子」かと質問を重ねてきた。哲ちゃんの頭の中で亜弥のイメージを作り上げようとしているようだった。最後に別れたときの話を聞いた哲ちゃんは机にもたれて俯きがちに黙ってから声を落として言った。

「彼女、強いなー。群れない子は一人でも我慢できちゃうのかなぁ。でも辛いよなー。

待ってるぞきっと。俺はそう思うな。いつまで待てるか分かんないけど」

哲ちゃんの静かな言葉がゆっくり俺の頭に入ってきてから、俺の気持ちが反応した。「えっ」と思った。俺には予想外の哲ちゃんの受け止め方だった。哲ちゃんは亜弥の気持ちを思いやっていた。俺は自分の感情ばかりにこだわっていた。哲ちゃんの顔を見ることができなかった。

哲ちゃんは天井を見上げて言葉を選んでいるようだった。

「単に美人だからと付き合い始めたんじゃなくてさ、たくさんいる学生の中から諒ちゃんが選んで五年以上も続いてきたわけだろう。いい子じゃない。別れたら絶対後悔するぞ。はっきり言えば、……怒らないでな……諒ちゃんのプライドのせいだろ？　それは彼女が諒ちゃんを直接傷付けた結果じゃないじゃん。諒ちゃんはオヤジさんが早くにいなくなって、男はこうあらねばならないって、周りのどっかから思い込まされているからだよ。そのことが諒ちゃん自身も彼女も両方苦しめているじゃん。それってすげえおかしいじゃん」

哲ちゃんに非難されている。反論なんてできず黙って俯いていた。俺の様子を気遣ったのだろう、哲ちゃんが明るい調子に変えて言葉を継いだ。

「定時制の仲間たちと話していたときにさ、俺が読んだばかりの小説のせりふ、『男は強くなくては生きてゆけない。優しくなければ生きる資格はない』ってぽろっと言ったんだ。そしたら女子の先輩に『なに無理してんだか』って笑われた。予想外の反応でさ、それから強くなくたって生きていていいんだとか、ほんとに優しい人間は男の専売特許なんかじゃない。女の方に強くて優しい人間が多くて、男に弱くて甘ったれが多いとか話が盛り上がって、面白かったよ」

俺は優しくもなかった。強くもないってことだ。これ以上亜弥の話を続けるのが嫌だった。哲ちゃんが亜弥の肩を持っている。子供同士の喧嘩を裁定するのとは違う。謝って握手して仲直りして一緒に遊ぶってわけにはいかないじゃないか。

「哲ちゃんの話、勉強になった。考えてみるよ」

話を打ち切って欲しかった。

哲ちゃんは黙って立ち上がってマグカップを二つ持ってキッチンに行った。哲ちゃんの背中は俺に怒っているように見えた。何で俺はこんなに惨めな気持ちになるんだ。

「諒ちゃん、覚えてる?」

入れ替えたコーヒーを持って哲ちゃんが戻って来た。俺に気遣ったのだろうが、明るく話しかけてくれた。

「二人ともちびで奥手だったから女の子の話どころかスケベ話もネタがなくてさ、せいぜいあそこに毛が生えたかどうかばっかり毎日訊き合っていた時期があったじゃん」

慰めるのではなく、すぐに思い出せる話題をおかしそうに話し出した。哲ちゃんの表情に釣られたが、俺が非難されたことは重苦しく気持ちの中に滞留して消えてはいなかった。

「そうだった。俺の方が少し早く生え始めて、発見したときには哲ちゃんに報告するのが待ち遠しくてなぁ」

俺の声は話題のおかしさとは裏腹に小さくなっていたと思う。

「覚えてる。諒ちゃん、朝、俺を廊下の隅に引っ張っていって嬉しそうに言ってたなあ。あの顔覚えている。逆に俺は一生生えないかもって悩み始めたんだ」

それでも幼かった俺たちの思い出はくっきり浮かび上がってきた。

「哲ちゃんが悩んでいることが分かって、一緒に心配してさ、薬局の前で、毛生え薬の宣伝ポスターを二人で読んだりしたな」

「あったあった。そのあといつ頃か忘れたけど、生えてきたときは嬉しかったなー。そのくらいでさ、結構テレビのニュースを話題にしたよな。分からないなりに。俺たちはずっとクラスの主流じゃなくて端っこにいたみそっかすだったな。今も同じかもな。同世代の主流じゃなくて傍流。トレンドとは無縁」

哲ちゃんは明るく笑い。俺は苦笑いだった。

「俺はずっと中途半端だけど、哲ちゃんはそうかもな。主流じゃない方が自分らしく生きられるのかもな」

俺の心の中には敗北感に似た感情が広がっていた。

トレンドの話から、哲ちゃんは、

「店でさ、ラーメン注文して待ってる間、スマホいじってる客ばっかりだぜ。俺はあれが嫌でさ。画面を覗くとさ、まとめサイト見てる客もいるけどさ、ＬＩＮＥとかツイッター。ゲームもいるな。俺たちが中学生の頃、ＬＩＮＥやってる連中みたいに頻繁に連絡しなくても仲良くやれたじゃん。無駄なことやってんなーってさ」

あくまでもトレンドに簡単に乗らない哲ちゃんらしい話だ。

「俺は会社で先輩たちと話す機会がたくさんあるからかなあ、ＬＩＮＥなんかに夢中になる感覚がぜんぜん理解できないなあ。……うちの会社、社長が社員を採用するときすごく丁寧というか慎重なんだよな。まずバイトで入れて様子を見て社員に観察させるんだって。そのせいだろうなあ。俺が入社してから定年以外では誰も辞めていないんだ。三Ｋ仕事の典型だけど、仕事の意義っていうかやりがいを持っている先輩ばかりでさ。自分のオヤジは大はずれだけど、周りの人間には恵まれてきたよ」

哲ちゃんは定時制に行ったことも負け惜しみではなく良かったと前に言ってた。三Ｋ仕事でもリア充な日々を送っている。話している表情が誇らしげだ。複雑な感情がむっくり起きあがってきた。中学時代親友とはいえどこかで俺は哲ちゃんに優越意識があったのかもしれない。小遣いの額とかテストの成績とか。逆転されたうえになんでこんなに差がついたんだ。俺は哲ちゃんの話に刺激を受けているのに俺は哲ちゃんに何の刺激も与えられていない。

一番大きな違いは、哲ちゃんの周りにいた人間の幅が広くて、俺は入社するまで同年齢層の人間としか話をしてこなかったことだ。『ママチャリ友の会』が典型だ。閉鎖的で下級生の加入なんて全く考えなかった。ぬるま湯が楽だったのだ。

「そうだよ。哲ちゃんは周りの人間関係に恵まれてきたんだよ。運がいいんだよ」

俺の声が大きくなった。哲ちゃんはびっくりしたように俺を見た。俺が慌てた。哲ちゃんが言ったことを繰り返して言っているに過ぎないのに余計な感情がこもってしまった。

「羨ましいよ」と付け加えた。

「……俺が二年いた会社の中じゃちゃんと話をできる人間もいなかったし、何にも良いことなかったよ」

「諒ちゃんはそもそも営業に向いてないと思うなぁ。そのうえ会社の人間がつまらなかったら毎日しんどかっただろう？」

哲ちゃんは俺の苛立ちに気付いたようで感情的になった俺をいなして話を繋げてくれた。

「ほんと、最後の頃は朝起きるのもきつかった」

子供好きの文具店のおばちゃんも営業に向いてないと言ってたし、哲ちゃんも言う。お袋の意見も訊かず、俺はなんで営業職なんかを選んだんだ？

「大学の友達に愚痴聞いてもらって解消できなかったの？」

「社会問題とか政治問題だとか、今話したような話題、まじめな話をするとみんな黙っちゃうことが多いんじゃないかな。だから話題にしない。就活が始まった頃だけかな、真剣に話したのは。企業の情報交換だけどね。もっとも俺以外。特に親しい友達は作ろうとしなかったからなあ。わいわいやる友達はいたけどね。……トレンドからはずれるって、周りが哲ちゃんの同僚や友達みたいなタイプならできてもなー」

俺は亜弥のように一人でずっと行動して日々を楽しめる人間ではなかった。だから亜弥に惹かれた。最近俺はサークルのＬＩＮＥに参加していない。

「就活かぁ……。俺、高校も卒業後の進路も選ぶってことやってないんだよなー。だから迷うってこともよく分からないなぁ。自分が何に向いているかなんて、考える必要がなかったからな」

少し寂しさが混じっているような言い方と笑顔が俺には衝撃だった。恵まれているのは俺の方だった。返す言葉が見つからず、床に伸ばした自分の足を見つめた。俺は選択の幅があっても迷う辛さすら味わっていない。ちゃんと迷わなかった後悔に曝されている。

沈黙に耐えられないのか哲ちゃんがぼそっとつぶやいた。

「諒ちゃんの彼女みたいな娘《こ》、俺好きだなあ。自分の世界がちゃんとあって生きているじゃん」

俺はびっくりして顔を上げた。哲ちゃんが慌てて言い訳した。

「あっ、言い方変だったな。人間としてだから心配しないでな。俺は今彼女欲しいとも思ってないから」

哲ちゃんは今の毎日がリア充で、定時制の仲間とも連絡取り合っているから彼女が欲しいと思わないと言う。だが、

「気にかかってることがあってさぁ。……俺も落ち込んだときなんかに酒飲んで奥さんとか子供を殴ったりするんじゃないかって、自分を信用し切れないところがあるんだなぁ。酒も好きな方だし、オヤジの血を引いているからさ。だからその不安がないって自信ができてから彼女を探して、結婚を考えた方がいいんじゃないかと思ってるんだけどな」

驚いた。そこまで哲ちゃんは引きずっている。哲ちゃんが自分の傷を曝してくれたことで、変な感じだが俺の矮小感がかなり癒された。

「哲ちゃんは責任感が強いからそこまで考えるんだろうけど、ちゃんと客観化できているんだから、俺は絶対そんなことにはならないと思うよ」

「前に言ったろ、俺は夢の中で頭にきて親父をボコボコにしようとするんだぜ。俺には暴力的なところがあるんだよ」

「それだけ哲ちゃんのオヤジに対しての怒りが大きいってことで、奥さんや子供にあたることとは違うじゃん。それに夢の回数が減っているって言ってたじゃん」

「そうか、もう少しかもな。社長に気だてのいい子を紹介してもらうかな。ハハハ」


哲ちゃんのマンションを出たのは夜七時を過ぎていた。

今日も密度の濃い話ができた。けど、俺にはきつかった。亜弥の話がこたえた。亜弥のことは、俺という人間の芯を組み立て直すような迂遠な作業を終えなければ向き合えない気がしていた。今はどこかに押し込めておきたかった。見たくなかった。それが亜弥に辛い思いをさせていると言われても、無理に向き合おうとすれば塩をかければ姿が見えなくなるナメクジのような脆弱な自分が現れるに決まっている。大学に行かず、自分で意欲的に学んできた哲ちゃんに打ちのめされっぱなしだった。

駅周辺のたくさんの人の間を歩き、信号待ちで立ち止まって向かいの信号待ちの人の群れを眺めた。哲ちゃんと俺の一番の違いは、会えなくなっていた期間にどんな人間と出会ってきたのかってことだ。哲ちゃんはいろんな人からたくさんのことを学べた。

俺にとっての「おやっさん」に当たる人って、今までに出会っているのかなと考えた。落ち込んだ気持ちを逸らすのには別のことを考える方がいい。

俺はプータローだから会社のオヤジ世代と接点はない。文具卸会社の頃の支所長は定年間近で、ただつつがなくやり過ごしているだけのオヤジだった。バイトで接した大人たちは俺を『使えるバイトかどうか』だけで見ていた。今の俺の近くにいるオヤジは『アローボウ』の常連だ。大旦那と八代さんの印象は離陸してから水平飛行に入って、行き先も航路も決まっている低空飛行中の飛行機のイメージ。柴田さんはインテリっぽいが、身につけた鎧を渋く飾って脱ごうとしない人。自衛隊の長谷川さんは一人暗闇に潜んで何か分からないものをじっと待っているみたいな人だ。クソオヤジとガンチャンはどっちもその中身が底まで見えちゃっている人で、クソオヤジが見せたくて仕方ないところだけではなく他の部分まで見えちゃう人。ガンチャンは見せたいと思っていなくても見えちゃっている人だ。柴田さんと長谷川さんはちょっと別にして、他は共通して自分だけかごく周辺のことにしか興味を持っていないのじゃないかと思う。改めて考えると、「おやっさん」みたいな大人の男なんていない。俺にはお袋の親戚のオヤジたちとの付き合いはないし。

外出したときの俺はいつも周りに気を取られて、ぼんやり考えて移動することなんてない。今日は違った。哲ちゃんとの話題にこだわっていた。電車のつり革に掴まってなお考えた。親以外の周りの身近な大人って学校の先生だけかもしれない。小学校時代は三、四年生のときに新卒の男の先生であとは女の担任だった。中学一、二年生は天然ボケで三年はベテランのおばさん先生だった。高校の三年間はどの担任も俺にとっては遠い所にいる中高年のおじさん先生だった。三年のときに面談で短時間話した記憶しかない。

担任ではなく、卒業した中学で教育実習したときに付いた指導教諭が四十代後半の社会科の先生だったんだ。思い出して俺の口元が緩んだ。いつも忙しそうにしていた先生だったが、一緒に教室に向かうときと職員室に戻るときはよく話してくれた。

「いろいろ言われているとおり、僕はぜひ教員を目指せとは言えないよ。忙しくて余裕がなさ過ぎる職業になっちゃったよ」「生徒が可愛いと思えるだろうけど、それだけで勤まる仕事ではないよ」「授業がうまくできたなんて我々でも滅多にあるもんじゃない。実習生がうまい授業をできないのは当然なんだけど、一生懸命準備だけはしなさい。生徒には分かるから」「生徒は新しいことを学ぶことは好きなんだよ。成長したいと思っているんだよ」

印象に残ることをたくさん話してくれた。実際に教員になるかどうか分からない俺のような学生にきちんと向き合ってくれた。最後の挨拶に行ったとき、「世間から閉ざされて見える学校に来てくれて、我々の仕事を間近に見てくれる実習生はありがたい存在なんだよ。見聞きしたことをいろんなところで話してくれると嬉しいなあ」

俺が想像もしていなかったことを言われた。

放課後、職員室の先生の机の脇に折りたたみ椅子を置いて実習授業の相談をしていたとき、次々とクラスの生徒や部活の生徒、所属の分からない生徒がやって来て先生に話しかける。やっと先生を捕まえて始めた俺の相談がぶつ切りになった。先生の机には生徒のノートが開いたままで赤ペンのコメントが書きかけだった。過酷な多忙さを知ったが、生徒の顔を見て応じる先生の表情は楽しげだった。目の前の先生が羨ましいと思った。必要とされて頼られて、自信を持って対応している職業人の姿だった。

あの姿に惹かれたから採用試験を受けた。だが準備期間が短かすぎて端からどこかで諦めていたし、実際歯が立たなかった。あの先生には年賀状を一度出した切りだ。

結局俺の身近にいる「おやっさん」に一番近い人は白合おばさんかもしれない。それでいいのか。

哲ちゃんの部屋に行った翌日、置いてあったお袋のメモに天気が良いから布団を干せとあった。お袋は毎日何かしら俺に家事を命じて出勤する。トイレと風呂と部屋の掃除と洗濯と布団干しを思い付きのローテーションでやらされている。家事をやることがプータローの条件だから仕方ない。

ベランダで布団を叩いていると、百合おばさんが洗濯物を持ってベランダに出てきて仕切り板から顔を出した。

「それ終わったらこっちにおいでよ。お茶飲もう。昨日もらった鯛焼き残っているからさ」

暇と決めつけて返事も聞かずに顔を引っ込めた。当たっているけど。

「昨日、ガンチャンが大旦那の店で角打《かくう》ちしてからご機嫌でやって来てね、おみやげだって鯛焼き十個持って来たのよ。欲しいって客に配ったんだけど四個も残ったのよ」

そう言いながらラップにくるんで電子レンジに入れた。百合おばさんはコーヒーではなくて緑茶を丁寧に淹れて俺の前に置いた。レンジで温めた鯛焼きはあんこが熱くてやけどしそうだった。

「一人で四個食べたら胸焼けがして大変だった。諒クンがいてくれて良かった」

今日も屈託がなく、動きにも話にもキレのある百合おばさんだ。今まで元気のない百合おばさんを見たことがない。だから訊きたくなった。哲ちゃんの話のせいだ。

「おばさんのお父さんってどんな人だったの？」

おばさんの鯛焼きを咀嚼する顎の動きが止まってじっと切れ長の目で俺を見つめた。また咀嚼を再開して嚥下し、お茶に口を付けた。

「なんかあったの？　藪から棒に」

俺は哲ちゃんと会って話したことを簡単に説明した。俺も哲ちゃんも父親に恵まれなかったこと、例のクソオヤジも同じように情けない父親の一人だと。

「なるほどねー、それで私の父親に興味を持ったわけね」

おばさんは少しの間テーブルに焦点の合わない目を落として話すことを整理している様子だった。

「じゃあ父のことだけではなくて家族のことを話さなくちゃあね。……父は田舎で開業医をしていたの。私が生まれた頃は町の総合病院の勤務医だったらしいわ。祖父は大きい農家の跡取り息子で、農作業はほとんどを人に任せて、養蚕指導員を熱心にやってたらしいわ。私の子供の頃は祖父と祖母が六歳上の兄と私の面倒を見てくれていたの。父が開業した個人病院が、今も場所は変わっていないんだけど、家から離れてて、母もそこの看護師だったから二人とも帰りが遅くてね。父は夜往診で出かけることも多くて、それでも休みの日はできるだけ家で子供と過ごそうとしてくれて、そんな日は祖父たちが揃って出かけることが多かったわ。まあ交代で私たちを育てていたみたいね。ただ遅い時間に父と母二人で晩ご飯を食べるとき、必ず兄と私と祖父母も同席したの。祖父はお酒を飲んで、私たちは果物食べたりしてね。それが習慣というよりも親がルールにしていたらしいわ。私が高校入試の受験勉強が始まる前まで炬燵に入って付き合った記憶があるわ。今と違ってテレビの受信状況が良くないせいもあって、テレビが中心ではない家だったから、その分家族でよく話をしたわね。……祖父は猟銃を持っていて、よく山に入って鳥を獲ってきたの。山に詳しくて近所の子供も一緒に山に連れて行ってくれていろんなことを教えてくれてね。兄は今父親の病院を継いでいるんだけど、いっときは祖父の影響で植物学者になりたいと本気で思っていたのよ」

「おばさんは都会に出てきたわけでしょ。お父さんとかお祖父さんは反対しなかったの？」

「その頃には祖父は亡くなっていたし、兄が医学部にいたから、父親は私には好きなことをしろと言ってくれたもんだから、東京の演劇を勉強できる短大に入ったの」

それから百合おばさんのかなり乱調の半生を聞くことになった。お袋は知っていたことかもしれないが、俺が聞いていたのは百合おばさんにはお父さんの遺産があって、それで今の生活ができているということぐらいで初めて聞くことばかりだった。

おばさんの高校は俺も名前を聞いたことのある名門の女子校で、親戚の家に下宿して通い、演劇部に入った。田舎の中学校に演劇部は無かったが、高校の個性の強い部員も魅力的で、すぐにのめり込んで夢中になり、舞台女優を夢見た。

「短大卒業して、中堅の劇団に入れて夢が叶ったと喜んだんだけどね……」

おばさんは苦笑いして、珍しく照れているようにも見えた。

「劇団のつまらない男に恋しちゃってさ、茉莉を産むことになったわけだ」

いつもと立場が逆転した。俺はおばさんに詰め寄って詳しく訊き始めた。

おばさんは女子校の演劇部から短大に入ったがそこでも圧倒的に女子が多く、劇団に入って初めて都会の大人の男に出会い、舞台で共演した男に簡単に夢中になってしまった。今のおばさんからは想像できない世間知らずの純情娘だったわけだ。

短大時代にはアルバイトの必要がないくらいの仕送りを受けていて、誘われてやったスナックのアルバイトはあくまでも人前でしゃべる勉強の一環で生活費のためではなかった。お兄さんが東京の病院でインターンをしていたからよく下宿の様子を見に来てくれていた。つまり箱入り娘のようなものだったのだろう。

「その男、単に女の前で、かっこつけていただけなのに、私は免疫がないから、本当に素敵な人と思い込んじゃったのよ。周りが見えなくなっていたくらいにね」

ところが相手の男には別居中と言っていたが奥さんがいて、茉莉ちゃんがお腹にできて、お兄さんと両親がその男と会ったとき、男の情けない応対振りに一気におばさんの熱が冷めてしまったが、中絶する気は全くなかった。

「お父さんとかお兄さんは産むことに反対しなかったの?」

「父は医者だから中絶には抵抗があったのね。祖母が大変だったみたい。母もショックを受けていたけど兄が私の防波堤になってくれて直接私が責められなくて済んだの」

田舎へは戻らずに東京で生活していくことを選んだおばさんは、お父さんが十分な経済的援助をしてくれたが、茉莉ちゃんを夜の保育園に預けて、スナックのバイトや小学校に入ってからはパートの仕事をして、できるだけ仕送りに頼らない生活をしながらシングルマザーの生活を続けた。

「意地よ。自分が選んだことだから、できるだけ親に頼らずに生きたかったからね。でも仕送りは断らなかったわ。ずるいけどね。おかげで貯金ができたわ」

「演劇は諦めたの?」

「茉莉が小さいうちは無理だったし、何よりも、田舎の高校から東京に出たら、とてもじゃないけど私が舞台俳優として一流だと認められるレベルじゃないと分かったの。きらきら輝いている人がごろごろいたのよ。だから茉莉に手がかからなくなってから、短大の友達とアマチュア劇団を作って、ぼちぼちやってきたの」

「茉莉ちゃんが小さい頃、田舎へ帰ろうとは思わなかった？」

「母親は戻って来たらどうかとは言ってたけど、シングルで産もうと自分で決めて、親を頼るって、身勝手過ぎるでしょ。田舎は口うるさいし。その代わり母はしょっちゅう東京に来てね、赤ん坊の茉莉をかわいがってくれたわ。父親も何度も来てくれた。茉莉が大きくなってから、夏休みには田舎で過ごしてね。兄も茉莉のことをかわいがってくれてね、茉莉は今でも私より兄の言うことを聞くんじゃないかしら」

「おばさんはお父さんだけじゃなくて家族にすごく恵まれてきたんだねー」

「うん、それは認める。それだけに甘え過ぎないように気を付けているんだけどね。そのおかげかなあ、茉莉に手がかからなくなってから、私、つぎつぎとやりたいことが出てくるのよ。芝居のこともいろいろやったし、水商売のおかげで男の観察はし尽くした気がするから、これから田舎で面白い店をやれれば満足できると思うわ」

百合おばさんにはいつも生きることに直結したようなエネルギーを感じる。それはおばさんが若い頃からずっとそうなのだ。落ち着きがないのとは違って、生きてることを味わい尽くしているようだ。話を聞いて改めて百合おばさんの人物像の輪郭がくっきりした。

おばさんは俺よりも二十歳以上年上だけど、俺には眩しいくらいに輝き、おばさんの前では若さなんてなんの意味もない、未熟であることの言い換えに過ぎないと思える。

「どう？　諒クンの参考になった？」

「うん、すごくなった。おばさんの家族は、おばさんの背中を押してくれる家族なんだと思う。哲ちゃんのオヤジやクソオヤジは子供のことなんて二の次なんだ。自分を飾るパーツとかひょっとすると子供の足を引っ張ってるのかもしれないな」

「子供を自慢の種にするヤツいるわよね。諒クンの言う通りだと思うわ。スナックに来る男たちは男全体の基準にはならないけど、幼稚な男はすごく多い。東京でもこの半島でもね。だから男の子には気の毒な環境と言えるわよね」

「えっ？」

「お手本がないじゃない」

俺は哲ちゃんの会社の社長の話をした。おばさんは社長が何度も『アローボウ』に来ているからよく知っていた。

「来るときはいつも社員を何人か連れて来て、一緒に大笑いして、社員の若い人が社長の前でも伸び伸びして楽しそうなのよ。東北に行ったことも聞いたわよ。あのときは嬉しくて嬉しくて、ものすごくサービスしちゃったわ。そうか、諒クンの友達はあの社長の下で働いているんだよね。ラッキーよねー」

おばさんは急に両腕をぺったりテーブルに付けて俺の顔を下から覗き込んだ。

「諒クン、仕事辞めて良かったね。仕事続けていたらこんな話もできなかったし、友達にも再会できなかったし、父親の比較もできなかったわね」

「そうか、そうかもしれない。怪我の功名かも」

「絶対諒クンのこれからの人生の糧《かて》になるわよ」

鯛焼き三つ食って、少し胸焼け気味になった。俺は百合おばさんと哲ちゃんと話したようなことをもっともっと前に知って、考えておくべきことだったような気がしていた。

亜弥が自分の父親のことを話したとき、俺は大して興味を持たなかった。その頃の俺は自分の父親にも関心なんてなかった。亜弥の両親は仲が良くて、父親は亜弥と妹が成長してからは二人の話をよく聞いてくれて、娘たちの言うことを面白がり、感心してばかりいると言っていた。亜弥が自分の興味に従って自分の頭で考えて素直に生きられる理由が今になって理解できる。

七

百合おばさんが四時近くになって、「お通し間に合わないから、先にお店に行って掃除始めててくれる?」とだけ言って、俺の返事を待たずにドアを閉めた。おばさんは昨日の晩、店から戻ってそのままうちの玄関に入って、お袋となにやら早口で立ち話をしていった。おばさんは明日はお袋と二人で実家に行く。すごく忙しそうだ。

俺が掃除を終える頃、おばさんがママチャリで到着し、大きなパックに詰めたお通しを小鉢に移し始めた。切り干し大根の煮物とイカとキュウリの酢の物二種類。いつもほど凝っていない。

ドアが開いて遊漁船の船長ガンチャンが入ってきた。おばさんの準備がどうやら間に合った。

「あら、ガンチャンめずらしいわねぇ」

金曜日にガンチャンが来ることは滅多にない。

「明日は風が強くなるから全部キャンセルで休み。今日も昼から波が出て、帰りは客がゲーゲーでたいへんだった」

そう言いながら「これっ」と言って抱えてきた発泡スチロールの箱をカウンターに置いた。おばさんは普段の百合恵ママの声より高いキーで、

「すごーい。スズキじゃない。ガンチャンが釣ったの？」

「スズキまでいかねえな。フッコサイズだろ」

それでも五十センチ以上ありそうだ。ガンチャンは、岡惚れしている百合恵ママに喜ばれて、鬼瓦みたいな顔が無邪気な笑顔に変わった。ガキっぽいと思うけれど、ガンチャンの笑顔は気取らない分周りを明るくする。

「客が三人しかいないから俺も船の後ろでルアー流してたらこれが食いついた。みんなが来たら出してやって。刺身でいけるけど、ママに任せるわ」

ガンチャンにビールを出してから昨日の残りのカレー味のポテトサラダをサービスで置き、二種類のお通しを並べた。おばさんがガンチャンの母親の具合や甥や姪の話を訊いているうちに、酒屋の大旦那が入って来てガンチャンの隣に座った。二人が陽気に冗談を言い合ってできあがってきたところに、野菜農家の八代さんがてかてかした顔で入って来た。大旦那が「八代さん、風俗帰りかい？　石けんの匂いがするぞ」とからかう。八代さんは大旦那の奥隣に座り、襟を広げて自分の臭いを嗅ぎ「しないぞ」と口を尖らせる。カウンターの二人が爆笑した。たぶん図星なんだ。八代さんがからかわれている騒ぎの間、

いつの間にか自衛隊の長谷川さんがいつもの入り口に背を向けた席に静かに座っていた。今週の金曜日は百合恵ママがいるから、常連の出足が早い。

またドアが開いて「こんばんは」と入って来たのは前に百合恵ママがいない日に来た、たぶん柴田さんだ。

「おー、柴ちゃん。随分ご無沙汰だったねー」

大旦那が声をかける。百合恵ママが、

「あら、お珍しい。柴田さんじゃない」と愛想良く声をかけた。渋いセンスのグレーのコットンシャツに高そうなカーディガンを肩にかけている。団塊世代だから六十代半ばにはなっているはずだ。白髪の割に顔の色つやが良いから若く見える。確かに女にもてそうな雰囲気の人だ。いつもの席なのだろう、長谷川さんに声をかけてから隣席に座った。カウンターの端からずっと目で追った。このメンバーがリストにあった常連客の全員なんだ。早い時間に常連が揃い、大旦那とガンチャンの声が大きく、他の三人の表情も柔らかい。おばさんはフッコに取りかかった。小さいシンクに入り切らず、鱗落としに手こずっている。

俺は三人組の、たぶん信金の職員らしいグループが入って来たため注文を聞いて、カウンターの常連のお代わりを作り、一手に客をさばいていた。

のっそりとドアを開けてクソオヤジが入って来た。蛍光色の黄色いウインドブレーカーを入り口で脱いだらルパシカを来ている。ベレー帽をかぶり、パイプを持って誰に挨拶するでもなく、鷹揚に歩いて一番奥の八代さんの隣に座った。一瞬カウンターの常連が話を止めた。ガンチャンはちらっと見ただけで大旦那との話を続けた。八代さんだけが「ああ先生、今日は画家さんそのものだね」と愛想良く声をかける。大旦那は声をかけようか迷った風だが結局隣のガンチャンとの話に戻った。百合恵ママはちょっと顔を上げて「いらっしゃい」とだけ言って、三枚に下ろしたフッコの半身を刺身にして小皿に盛り分けている。俺は舌打ちしたい気分を抑えた。「この前はありがとう」と偉そうに一応俺の顔を見たが、八代さんがなんのことか訊いている。焼酎のお湯割りを出して俺は長谷川さんたちの前に移動した。目の前の席は二つ空いている。テーブル席からお代わりの声がかかり、おばさんの背中を通り抜けてお代わりを運んでカウンターの中に戻り、空いたグラスを流しに置いてクソオヤジの前を通り過ぎるとき、クソオヤジが「ねえ君」と声をかけ、「これっ」と指二本で挟んだ紙を差し出した。

「月曜日の昼頃に来てくれる」

反射的に俺は手を出して受け取ってしまった。八代さんが変わった紙ですねと言うと、オヤジはまた頬が緩むのを抑えて唇をぬめぬめさせて「薩摩の手漉き和紙」と八代さんの方を見ずに言った。俺は筆ペンで書いてある食材と最後に月曜昼頃と書き添えてある紙を見ても返事をしなかった。オヤジは八代さんを見て、もう用は済んだと俺の返事を確かめない。俺はカウンターの下に紙を放り込んだ。後でおばさんと相談して決めよう。

百合恵ママは「これガンチャンから皆さんへ」と言いながら一人ずつ刺身を配った。それぞれがガンチャンに声をかけて一切れ食べてうまいと口々にガンチャンを褒める。クソオヤジは八代さん相手に「今の学生は手漉き和紙のことも知らないんだよ」とまた偉そうに話しながら、周りを気にもせずに刺身を口に入れた。箸の持ち方が汚い。握り箸だ。子供の頃お袋に注意された。クソオヤジは教えられていないんだ。

おばさんはテーブルの三人組にもガンチャンを紹介しながら一枚の皿に刺身を盛って置いた。三人組がガンチャンに「船長、いただきます」と口々に陽気な声をかけ、ガンチャンは嬉しそうに振り返って片手を上げた。あちこちから飲み物のお代わりが続いた。

店の中はできあがってきた常連の声が大きかったから、ガンチャンの声がいつもよりだいぶ大きくなっていることに俺は気付かなかった。

「何言ってやがんだよー」

突然ガンチャンの胴間声が響いた。俺の隣でフッコの残りの半身を調理中の百合恵ママの手が止まり、『アローボウ』の店内がしんと静まった。三人組のテーブル客は帰ったばかりで、俺はテーブルを片付けてシンクに洗い物を入れていた。ガンチャンに酒乱のスイッチが入っていた。俺は初めて見た。ガンチャンの目が据わって、スツールを下りて大旦那の横に揺らぎながら立っている。百合恵ママはフッコを捌くことに集中していて、ガンチャンの酒量チェックを忘れていたんだ。クソオヤジが八代さんを相手にえらそうな口ぶりで、自分の学生時代は社会に関心を持っていたが今の若者はと、よくある話をし始めていたのは聞こえていた。

左隣の八代さんと話しているクソオヤジの顔をガンチャンが見据えていた。三人組が出て行くのを待っていたようなタイミングだった。店内は常連客だけだ。その前に、クソオヤジが自分の話に夢中でフッコの刺身を挨拶もなしに平らげ、空き皿を俺に渡したところをちらっとガンチャンが横目で睨んだのは気付いていた。

「今の若いもんがどうしたってー？」

船の上で鍛えられた大声がさらに挑発する。

「ガンチャン、ボーダーラインを超えたわよ」

百合恵ママが声を低めてたしなめた。

「今日ぐらいは言わせてもらうからよー。……若い頃好き勝手に暴れることがいいことなんか？　それを後生大事に抱えて今まで生きてきて、おめえは今何をしてんだ？　一人で絵描いてここで酒飲んでるだけじゃねえか」

クソオヤジは八代さんとの話をやめ、身体を左によじってのけぞるように固まってガンチャンを見つめている。八代さんはテーブルに置いたままのグラスを両手で掴んでかくんと頭を落とした。「始まっちゃったよ」と言ったようだ。

「で、おめえが若え頃棒振ってがんばった結果できたのがこの日本か？　こんな国を作ろうとしてがんばったのか？　どうなんだよ。なんか言えよ」

大旦那が座ったままスツールを回転させてガンチャンの左肩に手を置いてなだめようとした。しかし酒乱スイッチの入ったガンチャンを抑えられそうもない。大旦那の肩に置いた手に力は入っていない。ガンチャンが手を出すとは思っていないみたいだ。クソオヤジは上半身だけをガンチャンに向け、頭と背中をカウンターの端の飾り壁に押し付けた姿勢で、青ざめ、頬を引きつらせたままひと言も発しない。ベレー帽が前にずれている。

「ガキの頃に好き勝手やって、さっさといいとこに就職して、金貯め込んでぇ、今楽してよー、今の若いもんに文句付けて自慢話ばっかしてんじゃねえよ。おめえらが勉強もしねえで棒振り回して暴れてる間、必死こいて働いて生きてた奴がごまんといたんだよ。ふざけたことばっか言ってんじゃねえぞ」

カウンターの反対側の端に並んだ柴田さんも長谷川さんも常連たちはガンチャンが若い頃から人並み以上の苦労をし、今も独身で妹が近くにいるとはいえ高齢の母親と二人暮らしであることも知っている。俺だっておばさんのメモで知っている。俺は洗い場のシンクの傍に棒立ちになった。ちょうど全員が見渡せる位置で、足は床に張り付いてぴくりとも動かせない。心臓が跳ね続けている。緊張で口の中は喉の奥まで乾いてきた。

「革命だなんてわめいていたってよー、てめえらがいい生活できれば良かっただけなんだろー」

顔を左右に振って身体中から噴き出すような大声で怒鳴るガンチャンの唾が八代さんの禿頭に降り注いでいる。

「ガンチャン、もうそのくらいでやめなさい」

百合恵ママは腕組みして厳しい声をかけた。

「何度も言おうと思ってたんだからよぉ。今日は言わせろよ」

ガンチャンはクソオヤジから視線を外さず、声も落とさずママの言うことを聞かない。

百合恵ママは黙ってカウンターの下から封を切っていないタバコを取り出した。抜いた一本は細い葉巻だ。百合おばさんはマンションでタバコを吸うことはないが『アローボウ』では付き合いで吸うことがあった。

すごい迫力で怒りを全身で表しているガンチャンは恐ろしかった。間にカウンターがあって良かった。リング内とリング外のような関係だ。大旦那がスツールから降りただけで他の常連客はガンチャンを制止する気配を見せない。いちばんはずれのスツールで黙って飲んでいた自衛隊員の長谷川さんは、グラスの水割りをひと口飲んでそっとスツールから腰を外した。ガンチャンの背中を鋭い目でじっと見ている。暴れ出したら止めに入る気みたいだ。隣の柴田さんはスツールを九十度回してガンチャンに向け、腕組みしながら俯いてガンチャンの言葉に集中している。店の中は異様な雰囲気になっていた。

「大学教授かなんかしらねえけどよぉ。おめえらの学生時代にはよー、俺は水産高校に決まっていたのによー、親父が倒れちまったから高校辞めて十五でお袋と船に乗って蛸獲ってたんだぞー。どうして俺だけがこんな目に遭わなきゃなんねえのかって毎日思ってたときによー、テレビで学生がお巡りに棒持って向かって行くからよー、世の中良くしてくれるんじゃないかってよー、期待してたんだぞー。高校にも行けねえで船に乗って蛸獲ってる俺から見りゃよー、ちゃんと世の中のことが分かって何とか良くしようとしていると思っていたんだぞー」

ガンチャンは半歩クソオヤジに近づき、大旦那と八代さんの間のカウンターに左手をついてふらつく身体を支えた。日焼けした太い指の拳が凶器に見える。鬼瓦のような顔の目玉が血走っている。クソオヤジを睨み、ガンチャンの額に血管が浮いている。涙をため、唾を飛ばして喚いている。間に挟まった農家の八代さんが首を捻って見上げながら小さな声で「ガンチャン、ガンチャン」となだめようと声をかける。ガンチャンは八代さんの顔越しに、訴えるように怒鳴り続ける。クソオヤジは壁に背中を押し付けたままガンチャンの厳つい顔を見つめて固まっている。顔のてかりが消えて白っぽく変わり、半開きの唇が細かく震えている。ガンチャンの吐く言葉の固まりがクソオヤジの顔にぶち当たっている。「それがなんだよ。卒業して会社入ってどこかへ消えちまったじゃねえか。どこ行っちまったんだよ。威勢良く棒振り回してたあの学生たちは。おめえもその口なんだろう。前にもそんな話してたもんなぁ。棒持って暴れて、就職したらさっさと忘れて、大学教授になって、今は若けえやつらに文句言ってよー。また学生に棒持って暴れてほしいんかよ。若いもんにこうしろああしろって教えてんのかよ。おめえの教えている学生はなんかやってんのかよー。おめえの教え方が悪いんだろうが。ここで学生に文句並べておかしいと思わねえかよ。高けえ給料もらってんだろ。こっちが客に魚釣らせるためにどんだけ苦労してるか分かってんのかよ。なんにもしねえ若えもんを作ってんのはー、おめえらだろうがー」

クソオヤジはもう教授を辞めてるんだけどとガンチャンに教えてやろうかと間抜けなこ

とを思った。俺はガンチャンの魂の叫びに引き込まれかけていた。大旦那がガンチャンの横に立ち、肩を叩いて、

「ガンチャン、もういいだろう。座んなよ」

しかしガンチャンはまだ言い足りない。

「蛸漁から戻って久作川入ってよぉ、川沿いを走る部活の高校生を船から見上げてよー、船の掃除をしてるときによぉ、連合橋《つれあいばし》を楽しそうに話しながら渡る女子高生を見上げてよー、俺がどんな気持ちになったか、おめえに分かるかよー。いい気になってんじゃねえよぉ」

語尾が震え、ガンチャンの目尻から細い涙が流れている。自衛隊員の長谷川さんがガンチャンの後ろから両肩をがっしり掴んで向きを変えさせてスツールに座らせた。

八代さんがあたふたとクソオヤジに代わって焼酎のお湯割りを注文した。百合恵ママはタバコを咥えて憮然として動かない。俺は八代さんに釣られてあたふたとお湯割りを作った。

みんなが元の席に戻った。ガンチャンは大旦那におしぼりを渡され顔を拭いている。百合恵ママが煙を細く長く吐き出した。

「私はガンチャンよりずっと下の世代だから、学生運動のことはテレビでしか知らないわ」

カウンターに並ぶ客は一斉にママの口元を見つめた。ママはガンチャンが怒鳴り出してからずっとカウンターの中で立ち位置を変えず、目を細めてことの成り行きを見つめ、二度ガンチャンを注意しただけで他には何も言葉を発しなかった。その冷静さに気付いていたのは俺とたぶん長谷川さんだけだったと思う。

「この店でも、若い頃働いたスナックでも、団塊世代のお客さんが自分の学生時代の武勇伝を話すのを何度も聞かされた」

百合恵ママの話し方がいつもと違って低い声で突《つ》っ慳貪《けんどん》になっている。クソオヤジと同世代は、近くの工場で経営陣にいる柴田さんと、台地上の野菜農家のお人好しの八代さんの二人だ。

「ガンチャンの言いたいことは分かるわよ。学生だった頃批判していた大人たちと同じことをやってる今の自分を棚に上げて、えらそうに若い世代をバカにする大人はみっともないよね」

その場を取りなすのではなく、客のクソオヤジを非難することを百合恵ママは言った。クソオヤジの反対側に座っていた柴田さんの表情がおやっという風に変わった。クソオヤジは自分のことを言われているのに気付く余裕はなく、その場を取り繕おうとしてパイプを取り出した。ガンチャンに迫られた恐怖の余韻で、吸おうと咥えたパイプが口の先で震えている。

「でも、学生時代にやったことと、今の自分のギャップを恥と思っている男たちも見てきたわよ。そんな男は若い人間を十把一絡げでバカにしたりしないわよ。ねえ柴田さん」

柴田さんは話を振られることが分かっていたように視線を再びテーブルに落としてつぶやいた。

「若い頃の思い出は綺麗に見えるもんだよ」

「あら？　つまんないこと言うのね。自慢の種にしたいから都合の悪いことは隠して言わないだけでしょ。学生終わったばかりの若い頃にジコチュウに舵を切っているから今があるんでしょ。どこが綺麗なのよ」

面倒見の良い百合恵ママがいつになく客に冷淡だ。店の中がママの不機嫌オーラで満たされてきた。常連客のオヤジたちが担任の先生に叱られている小学生みたいに並んでる。沈黙した店内に百合恵ママが作ったカルパッチョの小鉢がカウンターの下から上に乱暴に載せられた。

「ガンチャンのフッコのカルパッチョ。八代さんのキャベツも入っているから食べてから帰んなさい」

俺は割り箸を出してそれぞれの前にカルパッチョを配った。真っ先に食べ始めたのはクソオヤジだった。大旦那は大人しくなったガンチャンの背中を軽く叩いてから箸をつけた。

「今の世の中って、柴田さんが学生時代にイメージしてた世界になってるの？」

百合恵ママはガンチャンの敷いたレールに乗ったようなセリフを柴田さんにぶつけた。クソオヤジに言ったところで返事は期待できない。長谷川さんが柴田さんを横目で見つめた。柴田さんにとってはいい迷惑だ。

「そんなわけないだろ」

俯いてぼそっと答えた。投げやりなニュアンスが滲んでる。

「でも学生終わったら、こんな社会を作るために働いて、自分だけは結構な暮らしをして、今晩はここでお酒を飲んでるわけね」

柴田さんはきついママの言葉に口をゆがめてバーボンの入ったグラスを見つめている。ガンチャンはクソオヤジを攻撃していたのに、ママが柴田さんを責め始めた妙な展開に、首を巡らせて急に落ち着かなくなった。

「今だって運にも条件にも恵まれないで、辛い毎日を送っている若い人がいるのは分かるでしょ。ガンチャンが高校行けなかったのはガンチャンのせい？　逆に団塊世代の人で大学に入れたのは自分の力だけで入れたの？　ガンチャンの立場だったらいくら勉強ができたって大学どころではないでしょ」

百合恵ママはクソオヤジをちらっと横目で見た。カルパッチョを綺麗に平らげて、ガンチャンにやり込められたことがまるでなかったことのように取り繕って、震える手でタンパーを取り出してタバコの葉を押さえている。ガンチャンの怒りの引き金を引いたきっかけの一つは、ガンチャンの釣ってきたフッコを当然のように平らげて、ひと言もガンチャンに声をかけなかったことだ。自分に注目を集めることばかり考えているから、他人の気持ちを理解する回路が働かないのだこのクソバカオヤジは。

「大学に入れたから教授にもなれたし、一流企業にも入れたんでしょ。今の若い人たちのことをとやかく言う前に、若い頃異議申し立てしたんなら、今の若い人たちが生きている環境をもっと知りなさいよ。作ったのは私を含めた今の大人たちなんだから。……ガンチャン、苦労して悔しい思いをたくさんしたのは分かっているけど、今だってガンチャンから見えないところで辛い毎日を過ごしている若い子がたくさんいるのよ。ガンチャン、自分と同じ悔しい思いをさせたいの？　ガンチャンはそんな若い子のために何かしているの？　それができることが苦労を知っている大人でしょ！　いいかげんに成長しなさい！」

おばさんの言い方には怒りが籠もっていた。最後はガンチャンを怒鳴りつけた。口答えなんか許さない厳しい表情をしていた。美人が怒った顔は恐いと言うけどその通りだった。ガンチャンは言われたことがよく理解できない様子で、口を半開きにして見開いた目で百合恵ママを見ている。お人好しの八代さんはいつもガンチャンに同情的だが、同じく口を半分開けてママを見つめている。事態の推移が理解できているのかどうか。酒屋の大旦那が口を開いた。

「ママ、やけに今日は厳しいねえ。いつもとずいぶん違うじゃないか。スナックはさ、酒飲んで気分良く家に帰るとこなんだから。そのくらいでさ……」

「そうよね。だからいけないのよ。だからいい加減な男をそのままにしちゃうのよ。本当に辛い思いをしている人はスナックなんかに来ないしね……」

百合恵ママは俯き、寂しげに声を落としてつぶやいてからいつもの話し方に戻した。

「さあ、ガンチャンが釣ったフッコと八代さんのキャベツ入りのカルパッチョ食べてー。滅多に食べられない新鮮な料理だからね。それから残ったお酒全部飲んだらお金払って帰ってねー。今日は早仕舞いにするから」

常連客全員の視線が一斉に百合恵ママの顔に再び集中し、あっけにとられたように見えた。早仕舞いなんて聞いたことがないんだ。

「とりあえず明日からしばらく休業ー。私は他のことで忙しくなるから」

今度は常連同士が顔を見合わせた。

ガンチャンは、自分が荒れたことが原因でママを怒らせたと思ってパニックを起こしかけていた。口を開け閉めして大旦那と八代さんを交互に見つめ、言葉が出てこない。こめかみに汗が流れている。俺もガンチャンの様子に気付いていたが、ママは子供を懲らしめる母親のように硬い表情で無視している。ガンチャンは大旦那を真剣に見つめて自分の顔を指して、「俺のせいかな……」と言い、スツールから尻が浮きかけている。大旦那はやれやれという表情で首を振った。自衛官の長谷川さんは心ここにあらずで他のことを考えている風だ。クソオヤジはガンチャンの関心が自分から百合恵ママに移って安心し、またパイプに刻みたばこを詰め始めた。柴田さんだけがじっとグラスを見つめている。

百合恵ママがカルパッチョを食べるようにせかせて、酒を飲み干させ、客を追い出しにかかった。真っ先に席を立ったのはクソオヤジだった。ガンチャンに絡まれて震えたことなどなかったようにぴったりの代金をテーブルにおいて、動作はいつもの気取り屋に戻っていたが表情は固まったままドアを出て行った。その後を八代さんがウインドブレーカーをフックから掴んで追いかけた。自衛隊員の長谷川さんがカルパッチョを豪快に平らげて「ごちそうさん」と出て行った。八代さんが戻ってカルパッチョを食べ、ガンチャンは百合恵ママの機嫌を取ろうと、もう飲み過ぎないようにするとか魚をまた持ってくるとか言い続けたが、百合恵ママは唇だけで笑って硬い表情を変えずに返事もしなかった。黙りこくったガンチャンの肩を抱えて八代さんと大旦那が出て行き、柴田さんがグラスに残ったバーボンを氷の音を立てて飲み干し、ゆっくり立ち上がった。

「仕事が忙しい頃、こういう店は必要だったよ。そんな生活を当たり前だと粋がっていたけど、その間になくしたものもたくさんあったってことだな。……若い頃持っていた感度のいいアンテナが錆付いて何も受信しなくなったことに気付かなくなってさ。でもさ、ママは厳しいこと言うけど、どの飲み屋だって女が男の所属や肩書きだけをよいしょするんだよ。男の昔のことなんかどうでもいいんだ」

「それはね、飲み屋の女たちが男をそう扱えば売り上げに貢献してくれるって分かっているからよ。それからね、柴田さんの年になったら、アンテナでの受信よりも発信じゃないの？　そう思わない？　いい年をした男たちの発信力がゼロなのは責任というチャンネルよ」

俺は百合おばさんの横顔を見つめて固まった。かっこいいのはセリフだけではなかった。カウンターの上のライトで目が輝き、柴田さんを見据える挑戦的なやや上向きの横顔の輪郭は切り絵のようで凛々しかった。

「……参ったな。……今日は寝付きが悪いなきっと」

突っ立って百合恵ママの言葉を聞いてから目を逸らし、カウンターに金を置き、釣りを受け取らずに肩を落とした柴田さんも静かに出て行った。

俺は一気に緊張が解けて座りたくなってカウンターを出た。おばさんに閉店の札を下ろすように言われてドアを開けた。目の前の白っぽいコンクリートの壁が月明かりに鈍く光っていた。俺も会社を辞めるときにガンチャンみたいに全身で怒りをぶちまけられるような男になった方が良いのだろうか。

百合おばさんは俺をカウンターの真ん中の椅子に座らせて、ビールを注いでくれた。

「なんか、急にぞっとするくらいに嫌になったわ。……茉莉には話していないから言っちゃだめよ。あのオヤジ、茉莉の父親と似てるのよ。外見じゃなくてね。……あのオヤジ、ガンチャンみたいに苦労して生きている人間なんて全く興味も関心もないのよ。関心があるのは自分のことだけ。茉莉の父親も、あの頃のまま年とったらあのオヤジみたいになってるだろうと思ってね」

おばさんはガンチャンが噛みついているときに、クソオヤジがおびえるばかりで一言もしゃべれないまま震え、取り繕う姿があまりにもわかりやすく滑稽で、同時に堪らなく嫌な光景に見えた。できが悪すぎて観ている側が恥ずかしくなる素人芝居を見せられているような気分だったとため息混じりに一気にしゃべった。そして間を空けてから、柴田さんのことだろうけど、「勝ち組に入って、女にちやほやされて自分の価値を確かめて満足するような自己陶酔男なんかに憧れてはダメよ」と言った。

「ゆとりができたら、他人のために自分のできることをそっとやるような男が一番かっこいいのよ。覚えておくのよ」

今夜の百合おばさんは正義の女神のように神々しい。

「ここに集まるこんな男たちの機嫌を取るための商売なんかしたくないって、身震いするようなおぞましさを感じちゃったのよねー。もっとも最近田舎の店の準備で忙しくなって、いろいろ考えることが多くなったせいもあるんだけどね」

おばさんの口調が落ち着いてきた。

「でもおばさんはもっと前から『アローボウ』を閉めて、新しい店を作るつもりになっていたんでしょ?」

おばさんはまた細い葉巻タバコに火をつけた。

「去年から週末に実家に行って『アローボウ』に戻って来るでしょ。例のオヤジが来る前までは扱いにくい客はいないし、いろんな仕事をしている人たちの話はそれなりに面白いのよ。……ま、だから諒クンにも勉強になるかと思って来てもらったんだけどね。……でもね、バカオヤジを見てると、ここがバカ男保護区でバカの継続を奨励する場所に思えてきてね、早く閉めて新しい店づくりを急がなくっちゃって思っていたところなのよ」

『バカ男保護区』がおかしかった。おばさんはビールを一口飲んだ。

「実家に通うようになって分かったのよ。実家の周りは年寄りばっかりで、若い人がほとんどいなくなって、私の子供時代とは全く変わっちゃって、寂しくて活気が全然ないの。テレビで知ってるつもりだったけど、実際に自分の故郷で見るとショックでねぇ。自分も家を出ちゃったくせに、腹が立ってきてね。ここの人全員が都会に来ちゃったら誰が米や野菜作るのよ。どうしてこんなになるまで放っておいたのよって八つ当たりしたくなったわ」

百合おばさんの気持ちがすんなり伝わってきた。

「それがおばさんの根本的な動機なんだ」

「そう、だから私なりに責任を取るの。楽しみながらね」

おばさんの出店計画の全体像が見えた気がした。田舎で料理屋なんて客が来なくてすぐつぶれるんじゃないかとどこかで思っていた。本気でもうけを度外視するんだ。言わなくて良かった。

「おばさん、さっき『アローボウ』をしばらく休業するって言ったけどさ、再開するなんて無理だと思わない？　おばさんのエネルギーはほとんど実家のお店作りに向いているじゃん。今更常連客にエネルギーが向くわけないと思うけどなあ」

「諒クン、鋭い指摘！　とっさに封を開けたお酒がもったいないって思って閉店だって言えなかったのよー。みみっちい話」


正義の女神もドジを踏むことがある。笑ってしまった。

「今日が『アローボウ』の最後の営業日になったんだ。俺は最後の従業員かぁ。常連のオジサンたちがっかりするだろうなあ」

「あの人たちは他の店を探すわよ。向こうのお店ができたら大旦那のところにだけ挨拶状でも送ればみんなに伝わるわ」

こんな形で一つの店が終わるってどうなんだろう。スナックには閉店感謝セールはないのかな。

「なんかなー。あっけない幕切れというか……」

明日の土曜日、俺が一人で営業することがなくなって内心ほっとしてもいた。

「諒クン、私にはもう次が始まっているのよ。そっちの方がすごく大事なの。終わり方にこだわるよりも始めることにこだわるのよ。私の人生は続いているんだから」

百合おばさんはこんなときでも歯切れが良い。

「お通しの残りと食材を全部持って帰ろ」

冷蔵庫の中身を空にしなければいけないから、持ち帰る物がたくさんある。

「開封してないお酒はみんな実家に運ぶの。グラスも食器も選んで使える物を運ばなくちゃ」

「えっ、お酒も？」

「ゆくゆくは土蔵でバーをやりたいの。そこで使えるわ」

百合おばさんの切り替えスイッチも切れがいい。

「あら」

おばさんがカウンターの下を片付け始めたときにクソオヤジの食材メモを見つけた。おばさんは「うーん」と唸ってから俺の顔を見た。

「無視するのはかわいそうかも。……諒クン断っていないんでしょ？」

「おばさんと相談して決めようと思ってたんだけど」

「曜日まで指定してる。図々しいヤツねー。空気が読めない男だから諒クンが来てくれると思い込んでいるわよ」

「じゃあこれが最後だって持って行ってやることにする」

「諒クン、あの男を見て勉強させてもらったと思ってね」

「ダメな大人の見本としてね」

「そう、似た男はたくさんいるわ。でもあれだけ極端なのはめったにいないけどね」

俺はぐったり疲れたけど、百合おばさんは明日朝早くお袋を連れて新しい店の準備に群馬の実家に行くのだ。

八

配達日時の指定にむかついたが、クソオヤジの意図はきっと単純だ。平日なら娘が来ない。前回は日曜で、クソオヤジ自慢の娘に怒鳴られるところを俺に見られてしまった。同じ轍を踏まないよう用心したに違いない。

〈ベーコン（二袋）、ウインナソーセージ（二袋）、魚肉ソーセージ（五本）、マヨネーズ（大）、長ネギ、素麺、つゆの素、切り餅、鯖缶（三）、ベビーチーズ（三袋）、とうふ（木綿二）、梅干し〉が書いてある。数量は多めに買って持って行ってやろう。武士の情けだ。これが最後だ。

年長の男の誰もが人生経験を積んで、俺のような若造よりもスケールの大きい人間性を身に付けているとは限らないのだ。経験の長さで職業上のスキルは身に付いても所詮社内の地位と収入に反映するだけだ。意識して人間性を高める学びをし続けなければ無駄に年齢を重ねるだけなのだ。きっと当たり前のことだったのだ。俺はクソオヤジという実物を間近に見て心底から理解した。哲ちゃんから教えられたことで確信に至った。そこにガンチャンの迫力の独演会と百合おばさんの常連オヤジたちへの説教を聞いた。お陰でクソオヤジに会う以前の年長者への過剰な気遣いが崩れた。百合おばさんはあの柴田さんすらこけにした。年長者が外見とは裏腹に下らぬ人間ではないかと疑う目を持つことも必要だったのだ。

指定されたのは昼頃だから十一時半なら十分だ。天気が良くて陽差しが強かったが、荷物が前回に比べて軽いためトンネルへの坂道を休まずに押して登り切れた。

岩見崎トンネルを出たら風があった。自転車を押して庭に上がると汗ばんだ襟首が涼しい。自転車のスタンドを立てて近付くと、玄関ドアに手漉き和紙に筆ペンの張り紙があった。

〈海岸にいます〉

どういう意味か計りかね、ドアの前で佇んだ。昼頃と指定しておいて海岸にいるということは、俺が直接金を受け取らなければならないと承知しているのだから、俺を海岸に呼び付けているわけだ。届ける時間帯まで指定しているのだから指定した時間に待つのが常識だろう。千五百円払うから呼び付けてもいいと思っている。ここに袋の中身をぶちまけて帰ろうかと思うくらいむかついた。だがクソオヤジの食材費を俺が負担するのはもっと嫌だ。百合おばさんにも言い含められている。そのとき漫画のように俺の頭の上でポッと電灯がともった。今なら庭に埋めた物を調べられる。俺が海岸に来るのを待っているのだから安全確実にできる。レジ袋の持ち手を縛って玄関ドアの前に置いて庭に回った。スコップはガラス戸の前、地面に突き刺してある。それを抜いて見回すと庭に何カ所か土の色が違うところがある。新しそうなところの土をそっとどけた。ころっとした固まりが出てくる。犬か猫の糞だ。別の場所も撫でるように土をどける。そこは魚の骨が見える、スイカの皮も。生ゴミだ。雑草が生えているが、そのあちこちにスポットのように土が掘り返されている。ざっと数えて七、八カ所ある。汚物を送られてそれを埋めているクソオヤジの姿を想像した。送り付ける方の執念深さがうす気味悪い。そんなことをされるクソオヤジを笑うというよりも哀れさが湧く。同情なんかしてたまるかと振り払う。恨みを買うことをやってきたに決まってる。

レジ袋を下ろして軽くなった自転車で、海岸までの短く急な歩道を下った。右に急カーブする。左には海に突き出して建てられた瀟洒な造りの病院と大きい駐車場。ガードレールのある歩道の海側は太いパイプの丸い枠に細いパイプを縦にはめ込んだしゃれたデザインの柵が並び、岸壁に護岸用の消波ブロックが数メートルの幅で積まれている。

手前のブロックの上に作務衣を着たクソオヤジが立っていた。雪駄を履いてスケッチブックを左手で持ち、右手を動かしている。斜め左方向を向いている。弧状の海岸から半島先端方面が見えているはずだ。潮風が作務衣の裾をなぶり、総髪もなびいている。クソオヤジはこの姿を俺に見せたくてここに呼び寄せ、俺を観客にしたかったわけだ。作務衣を着てスケッチをする画家。かっこよさを見せて、娘から怒鳴られた無様な姿を帳消しにするつもりでメモを作り、さらに想定外だったガンチャンから罵倒された惨めさもなかったことにできると思っているに違いない。

自転車を止めた。俺の頭の中に侮蔑語があふれた。ひと呼吸入れ、ことさらにうんざりした声色を作った。

「山本さん。買ってきましたから、お願いします」

歩道から声をかけた。オヤジはちらっと俺を見て、

「ああ、ちょっと待ってねー」

スケッチするかっこいい画家を演じているのだろうが、俺は目を背けたくなる汚物を無理に見せられた不快な気分しかなかった。まだ鉛筆を動かしている。もったいぶって待たせている。

「先に戻って待っていますから」

オヤジに構わず言い捨てて、自転車を降りて歩道の中で向きを変え、その場を離れようとした。背後で「おっと」と声がして、鈍い音が続いた。首を回すと、スケッチブックが歩道を滑っている。クソオヤジの姿がブロックの上から消えていた。

まさかと思いながら自転車のスタンドを立てて数歩戻る俺の動作は素早かった。

一段下の消波ブロックの脚にずり落ちそうにまたがり、オヤジの右足は下のブロックの脚との隙間に消えていた。オヤジは俯いて右手で右足の膝あたりを鷲掴みにして唸っている。「大丈夫ですか?」と声をかけても大丈夫ではなさそうだ。さらに俺を動揺させたのは、顔を上げたクソオヤジの額が横一文字に切れ、雨だれのように眉毛から滴る真っ赤な血と、眼鏡が傾いて鼻先にかろうじて引っかかり、目を強くつぶって痛みをこらえて前歯を食いしばるオヤジの表情だった。

岸壁沿いのパイプ柵を乗り越えて、ブロックに足が乗りそうなところを目で探す。歩道からの高低差は四、五十センチある。車は走っているが、歩道上に歩く人影はない。反対側はモルタルを吹き付けた崖で住宅は見えない。オヤジは左手を隣のブロックの先端に当てて身体を支えている。オヤジに近付くことも容易ではない。自分一人で足場の悪いブロックの上から歩道上に引き上げる自信がなかった。やっと救急車だと思い付き、スマホを出した瞬間、自転車で下ったときに視界に入った病院を思い出した。目の前に大きな病院があるじゃないか。

「病院から来てもらうからちょっと待ってください」と怒鳴った。

オヤジは下を向いたまま、顎を小さく二度下げた。また血の滴が落ちた。俺は走り出してから自転車の方が早いと気付き、足を止めて自転車に戻ろうとしたが戻るよりこのまま走った方が早いかもと身体の重心が前後する。パニック状態だった。

病院の自動ドアに走り込んで立ち止まり、右手に受付のカウンターを見つけた。白衣を着た二人の女性が俺をじっと見ていた。眉間にしわを寄せて集中して聞く二人に向かってしどろもどろの説明をした。片方が内線に飛びついて応援を頼んでいる。もう一人はカウンターを飛び出して廊下の奥からストレッチャーを小走りで押してきた。医者が着るような空色の上下を着た小柄な中年男性二人が走って出てきてストレッチャーを代わった。ナースキャップをかぶった看護師がその後に続いた。さらにその後を早足で聴診器を首にかけた若い医者が出て来た。ストレッチャーを押しながら中年男性の一人が「どこなんだ？」と怒鳴りながら玄関ドアに向かった。

「こっちです」

俺が追い抜いて、先頭を走った。後ろからアスファルト上を複雑な金属音を立ててストレッチャーがついてくる。振り向くとその後ろを看護師二人と、医者が追ってくる。現場に着いた中年男性二人は、慎重に消波ブロックに降りて、オヤジに声をかけ、両腕は何ともないことを確かめてから、オヤジを挟むような位置を探して両足を踏ん張り、腕を取って危うい姿勢で肩にオヤジの腕を回し身体を持ち上げようと腰を伸ばした。オヤジは野獣のような大きな悲鳴を上げた。血まみれの顔にひしゃげた眼鏡、大口を開けて叫ぶ顔は類人猿の何かの顔を思わせ、すごい迫力で俺は自分の表情がゆがむのを意識した。

「ちょっと待って。その体勢ではここまで上げられないから、救急隊を呼んで上げてもらおう」

歩道から見下ろしていた医者が冷静な声をかけた。傍にいた看護師が携帯をポケットに戻しながら「出動要請しました」と大きな声で報告した。もう一人の看護師が肩に掛けた緑色の十字マーク付きの救急鞄から包帯とガーゼを下の男性に渡し、男性職員は二人で額の応急処置をした。

オヤジの両側で二人が、

「雪駄でここに乗るのは無茶だよ」

「こんなところで何してたの?」

呆れるように話しかけているのが聞こえる。成り行きを見ていた俺は、オヤジの額に包帯が巻かれてから動転していた気持ちがやや落ち着き、自転車をじゃまにならない位置に動かし、開いて落ちているスケッチブックを拾って前籠に入れた。

悠長なテンポのサイレンが近付き、救急車がカーブを曲がって来た。看護師が誘導して救急隊員三人が降りてきた。現場を見てから「バスケット」と指示する声で山の遭難で使うようなボート型の担架が降ろされた。やかましくうめくオヤジを救急隊員が加わって五人がかりでバスケットに乗せてベルトで固定し、ロープをかけて上と下に分かれて引き上げた。俺も下から押し上げる方に加わった。岸壁の縁まで上がったところで上に回ってロープを一緒に引き、柵を越してそのままストレッチャーに乗せ、応急措置が始まった。オヤジの雪駄の片方はなくなっていた。いつの間にかどこから湧いたか野次馬が五、六人歩道に並んで眺めていた。ストレッチャーと医者を先頭に救急隊員も加えた行列で病院に向かった。看護師が最後尾で自転車を押す俺の傍に来て、オヤジの名前と住所を訊いた。とっさに山本と聞いていることと、住所は分からないがすぐそこに家があることと、買い物を頼まれていたことを説明した。

オヤジは治療室に運ばれ、バインダーを抱えた看護師が出てきて「ご自宅に連絡しますね」と俺にことわった。帰ってはまずいだろうと思い、とりあえず外に出て百合おばさんに電話をかけた。仰天したおばさんの質問攻めで長電話になった。電話している目の前にパトカーが入って来て停まった。警官二人が降りて、自動ドアを抜けて中に入った。おばさんから話の最後に家族が来るまでそこにいた方がいい、ことの顛末を説明してから帰ってくるように命じられた。駐車場に移動していた救急車が隊員を乗せて出ていった。百合おばさんの電話を終えたら舞い上がっていた気持ちがクールダウンしていた。いつもの感覚が戻って、むくむくとうんざり気分に変わり、玄関のガラス戸の前に立った。自動ドアが開き、正面に光る海が見える。待合室がホテルのロビー風で明るいのは海に面した壁が全面ガラス張りになっているせいだった。が、俺の目の前に警官二人が立ち塞がった。

「君が目撃したんだね？　ちょっと事情を聞かせてくれる？」

ソファーに座って一時間近く、まず俺の行動から説明しなければならなかった。警官にもぴんと来ないことが多く、何で買い物を頼むのかとか、指定している時間に家で待たないで海岸でスケッチしていたのはなぜかとか、ブロックの上に乗らなくても描けるだろうとか、俺に答えを期待するというよりも警官同士が顔を見合わせる場面が多く、話が行ったり来たりした。事件ではなくて事故だから警官の話しぶりは丁寧だったが、俺にしてみると「よく分かりません」を連発するしかない。本音はクソオヤジの度を超えた目立ちたがり屋であることとか、褒めてもらいたがりのことを洗いざらいしゃべりたくなって、ストレスが大きかった。

警官が帰り、緊張が解けた俺は太い柱を巻いたソファーにぐったりしてぼんやり海を眺めて座っていた。待合室には誰もいない。午前中の診察が終わっているせいだろう。この病院は眺望が抜群でもバスの便が少なくて車がないと不便な場所にある。静かな待合室で東京湾を出入りする船影を眺めているうちにうとうとして眠り込んでしまった。

待合室にあわただしく硬い靴音が響いて目が覚めた。受付で「佐山ですが父が……」という声がする。やっと来たかと伸びをして立ち上がった。入り口のガラス戸の向こうで黄色いタクシーがターンした。受付に以前クソオヤジの家で出会った娘がグレーのパンツスーツで前屈みになって白衣の女性と話している。あのときは不機嫌な表情だったが横顔が緊張している。俺は顔ではなくて長めの髪型と長身細身の体型で覚えていた。促されて娘は俺の方を振り向き、あれっと言うような表情を浮かべた。一度すれ違った程度だからうろ覚えなんだろう。俺に頭を下げて、医者に話を聞いてくるから戻るまで待っていてほしいと告げて足早に立ち去った。

「脳波に異常はなくて、額はきれいに縫ってくれたそうです。脚は脛骨が折れているけれど、手術をすればきちんと治るそうです。ご心配おかけしました」

俺に説明して用事が済んだようにあっさり立ち去ろうとする。俺は呼び止めて、買い物のことを簡単に説明した。「ああそうですか」と素っ気なく答えて、もう一度ここで待ってくれと言い残して、病室に向かった。

思いのほか短時間で戻って来て、家に行くから一緒に来てくれと言う。最初に病院に入って来たときには緊張して動揺を見せていたが、今はてきぱきと、と言えば言えるのだろうが、父親が入院するほどの怪我をしているのには似つかわしくない事務的な態度に変わっていた。

先に立って病院を出て靴音高く歩いて行く。俺が自転車を押して続く。駐車場脇から道路沿いに出て立ち止まり、振り向いた。

「どの辺で落ちたのでしょうか？」

丁寧な問いかけに変わった。俺が指差して教えると、

「柵を越えなくたって描けるのに、理解できない」

警官と同じことを吐き出すように言った。誰でもそう思う。

「確か家の前で一度会いましたよね」

歩き出して、強い目付きで俺を見ながら念を押すように言ったので、食材を買って届けるアルバイトと、今日は昼頃の約束で来たら張り紙があったから海岸に来たことを説明して、自転車の前籠のスケッチブックを渡した。

「何よこれ、一枚しか描いてないじゃない。半端だし」

とげとげしい声でつぶやき、ぱたんと音を立ててスケッチブックを閉じた。クソオヤジ

が自慢していた娘が怪我した父親を心配するのではなく呆れてバカにしている。

「山本さんは何で買い物を人に頼むんですか？」

俺が偽名を承知で訊くと、少し前を歩いていた娘は立ち止まり、

「はあ？　そうか山本って名乗っていたんだ。佐山孝介が本名よ。偽名を使うのも買い物頼むのも同じ。自分に恨みを持つ人間に居場所を知られるのが怖くて怯えているの」

不快そうな言い方と横顔だった。俺がスナックでバイトをしていることを言ってから、

「スナックにはよく来ていますよ」

と言うと、娘は歩き出し、俯いて苦笑いした。

「気が小さいくせに、目立ちたがりで、人に褒められると子供みたいに喜ぶの。だからいつも聞いてくれる人が欲しいのよ。あの年で。……言ってるこっちが恥ずかしいわ」

ドアの前で張り紙をじっと見てから引きはがした。

「バッカみたい。これも見せたがり。作務衣なんか着たことないくせに。こんなに迷惑かけて」

また吐き捨てるような言い方だった。紙を丸め、オヤジから受け取ったのだろう鍵を開け、足元のレジ袋を掴んで入った。

「おいくら？」

ヒールの低いパンプスを脱ぎながらレジ袋を持ち上げた。俺の返事を待たずにスケッチブックとレジ袋をテーブルに置いてから小部屋に入ってすぐに出てきた。手には財布と男物のポシェットをぶら下げていた。俺は玄関に立ったままレシートを渡し、バイト代を訊かれた。娘はテーブルに戻って現金を数えて持ってきた。急に屈んで膝立ちになり、丁寧な言い方で「お世話おかけしました」と言いながら現金を手渡した。俺は娘の言葉遣いと動きに現れる感情の目まぐるしい変化に、近寄ってはいけない危険を感じ始めた。

受け取った金を急いでしまいながら、できるだけ丁重かつ素朴な言い方で、買い物は今日で終わりにしてくれるよう伝言を頼んだ。娘は頷いて、

「もちろんです」

そしてほっと息を継いだように見えた。

「本当に今日のことはもちろんですが、いろいろご迷惑をおかけしました」

膝立ちを正座に直して頭を下げた。娘は社会人なのだから、当然の常識的振る舞いに戻っているのだろうが、俺は娘の態度の変化に付いていけてない。

「立たせたままでごめんなさい。上がってください。お茶を入れます」

さっと立ち上がって台所に向かった。俺が遠慮してこのまま出て行くとは全く考えていない様子だった。娘は自分を落ち着かせようとしているがまだ余裕がないように見える。

俺は仕方なく靴を脱いだ。テーブルに着くよう招き寄せ、

「ごめんなさい。私父親がお世話になっている方に随分感情的な言い方をして」

俺は言葉を返せず首を振っただけだ。

「あの人のことが絡んだとたんに自分が変になるんです。溜まった怒りが噴き出しちゃうみたいで。……乱暴な口を利いてごめんなさい」

背中を向けてお茶の準備をしながら繰り返した。波立っていた俺の気持ちがすっと鎮まった。クソオヤジの家族も俺と変わらない嫌悪感を持っているだけの話だ。

「大学を卒業する頃までは怒りを口に出せなかったんですけどね」

俺はなんて相槌を打ったらいいのか分からない。「大変ですね」も変だし。

お湯が沸いて、湯飲みに入れてから急須に移し丁寧に淹れたお茶はうまかった。娘は向かい合って話を続けた。初めて向き合った娘は最初に会ったときの感じの悪い印象はなく、仕事のできるＯＬ風でそれほど不細工でもなかった。

「この前来てくださったとき、段ボール運んでたでしょ。あの中身のこと、あの人から聞いてます？」

父親のことをほとんどあの人と言う。娘の距離感の反映だろう。「聞いてないです」とだけ答えた。

「言うわけないわね。みんな嫌がらせの汚い物。家にいると嫌がらせをする人間が直接押しかけるんじゃないかって怖いもんだから、自分だけここに逃げてきたんです。私たちに後始末を押し付けて」

「嫌がらせを受けているんですか？」

知らなかったことを初めて聞いたように、しらっと聞き返す自分の演技が、娘の率直に話す姿を前にして後ろめたかった。俺はついさっき庭を掘って箱の中身を知っているのだ。

「恨みを買うようなことしてきたのよ。無言電話とか釘の刺さったわら人形が庭に落ちていたこともあったし。以前はもっといろいろあったの。あれで高校の校長やってたんだから、人事担当ってどこ見てるのかって思ったけど、それだけあの人の上に対する取り入り方がうまいってことよね。いつもは自慢ばっかりのくせに。公務員の世界は甘っちょろいわね。……それでも中学の教員だった頃はそれほど極端じゃなかったのよ。高校に移ってからよ、だんだんおかしくなったのは」

中学校の教員から高校に移った話は初耳だった。

「美大の教授だったと聞いていますけど？」

娘の態度は他人行儀から俺が同僚かのような親しげな口調に変わってきた。

「三流美大の教授なんて定年前に高校から逃げ出した転職先よ。給料が半分近くに減ったのよ。嫌がらせしていたのは校長やってた頃の職員よ。私ついこの前の土曜日に会っちゃったの」

「えっ？」

「嫌がらせやったり、段ボールを置いていったり送り付けたりしてた犯人。もっとも他にもいるのかもしれないけど」

俺は思わぬ告白に唖然とした。

「警察に知らせたんですか？」

「まだ。夜中の二時近くだったのよ。家が急で長い坂を上がった上にあるから、深夜に車で上がるとエンジン音がうるさいって近所から苦情が来るの。だから坂の下で降ろしてもらって、歩いて上がって行くと、脇に箱を抱えた男が見えてね、すぐにあいつだと思って、足音がしないように靴を脱いで追ったの。ああ、私、学生時代、合気道やってたから大して恐くなかったのね」

娘は話したかったことを友達に聞いてもらっているようにリズム良く話している。俺は違和感よりも好奇心が勝って身を乗り出してしまった。

「角を曲がった所でばったり鉢合わせして、相手もぎょっとしてたわ。小柄な男でフルフェースのヘルメット姿。嫌がらせしてたのあんたねって言ってもじっとこっちを向いて、佐山校長の娘かとか言って逃げるそぶりもなかったわ。そいつはお前の父親は人間のくずだ。人を踏み付けにして自分だけがいい思いをすることばかり考えている人間だとか、恨みに思っている人間がたくさんいることを伝えておけとか言うから、今はこの家には住んでいないというと黙って歩き出そうとしたの。もう嫌がらせはやめてくださいと声をかけると、警察に言ってもいいぞ、捕まったら警察で洗いざらいしゃべって聞いてもらう。大した罪になりゃしないからすぐに出られる。俺はお前のオヤジのせいで退職した身分だから仕事もしてないしな。そう言ってゆっくり坂を下りて行ったの。振り返りもしなかったわ。あの人が住んでいないと教えたし、私に見られて理由を話したからもうこれで終わりにするんだろうと思ってね、随分迷ったけど結局警察に連絡するのやめたわ」

「その話はお父さんにしたんですか？」

「まだしていない。あの男がもうやめるか暫く様子を見てから考えようと思ってね。……あの人が家にいるよりこっちで生活してくれた方が母も私もストレスがないし」

力のない笑みを浮かべた。

「母親の具合が悪いのを私が面倒見るのは仕方ないことだけど、バカな親を持つと迷惑でストレスよね。こっちから縁を切れるものならさっさと切りたいわ」

「お母さん、具合が良くないんですか？」

「心臓がね、……それで今日も私が会社を抜け出して来たわけ。あいつはちょっとした買い物でも母親に行かせたのよ。長い坂を上るのに」

悔しさを込めて言う娘の眉間にしわが寄った。娘が黙ったところで俺は頃合いだと思って残りの冷えたお茶を飲み干した。

「そろそろ失礼します。お母さんお大事に」と思い付いた挨拶をした。

「つまらない話をしてごめんなさい。身内の恥ずかしい話で。でも初めて聞いてもらって少しすっきりしました。こんな恥ずかしい話聞いてもらう機会がないから」

娘ははにかんだような柔らかい表情をした。俺は同情心でかわいそうにとすら感じていた。玄関に戻るとき、イーゼルの縞模様の絵が見えた。俺にはあの日から手を加えたようには見えず、最初に見た状態と全く同じに見えた。

あのクソオヤジは成長した子供の立場からは耐え難いほど嫌な存在に違いない。ばかげた独り芝居で怪我をして、多くの人の手を煩わせ、肉親だったら恥ずかしくていたたまれないだろうし、怪我をしていようが無条件に怒鳴りつけたい心境だろう。あの娘にもっと優しい言葉をかけて慰めた方が良かったのかと考えたが、一緒にクソオヤジを非難するようなことは言えても、どんな言葉で慰めたらいいか思い浮かばなかった。

百合おばさんが首を長くして俺の帰りを待っている。同情すべきアラサー娘の嘆きを聞かずに帰ったら、オヤジの血まみれの顔ばかりが印象に残って、もっと後味の悪い日になった。これで終わりなんだと重たい気分を振り切って重いペダルを踏んでトンネルを抜け、下り坂に入った。陽が落ちて空の暗さが増していた。

前回は腹立ち紛れに坂道を下りながら声に出してクソオヤジを罵倒しながら下った。今日はそんな気分じゃなかった。あの娘はあそこまで他人の俺に話さざるをえないほどぎりぎりの状態だったんだろう。クソオヤジにとっては名誉挽回をねらって考えた今日の計画だったはずだ。策におぼれて真逆の姿をさらした。考え抜いたらしいその頭の中身の哀しいほどの軽さまで見せてしまった。あのクソオヤジにはそんな自分の実像を自覚する日はくるのだろうか。自慢の種にしている娘の気持ちを理解できる日はくるのだろうか。

男ってあれほど長い人生を過ごしてもバカなままみっともなく生き続けてしまうものなのだ。百合おばさんが言った「バカ男保護区」に気付かずに取り込まれてしまえばああなってしまうのだ。

百合おばさんの部屋の前にはベビーカーがあった。玄関で百合おばさんに自転車の鍵を返した。おばさんは俺をねぎらってから、「あがって」と招き入れた。桃香ちゃんを抱っこした茉莉ちゃんと百合おばさんを前に、コーヒーを飲みながらゆっくりオヤジの怪我と電話の後で病院に来た娘の報告をした。

「死ななくて良かったわ。死んじゃったら寝覚めが悪いものねー」

おばさんは話を聞き終えてそう言うと、暫く腕組みして考えてから俺に確認をした。

「諒クン、今の話だと犯人が恨んでいる人が他にもたくさんいるって言ったのよね。何をされて恨んでるか具体的には言わなかったのよね」

時計を見上げ、まだ学校にいるわねと言いながら携帯を掴んで立ち上がり、窓際で電話をかけた。茉莉ちゃんは小さな声で、

「また野次馬根性よ。納得いくまで知りたいの」

そう言って微笑んだ。

「たぶん人事異動のことだろうって」

おばさんは携帯を畳みながら戻って来た。

「公立の学校の先生って異動があるでしょ。高校は中学と違って生徒の成績で輪切りされているから、学校によって忙しさがすごく違うんだって。家族の事情や指導できる部活とか通勤時間とか人事異動の担当者にどれだけ校長が職員の事情を伝えるかで異動先の違いが出るんだってさ。注文が多いほど人事担当は面倒になるわけ。でも頑張って職員の事情

を伝えようとする校長と、教育委員会に気に入られたくてお好きなようにどうぞって、何も注文を付けない校長がいるらしいわ。あのオヤジはその口だろうって。中には悪い条件が重なった異動先で悩みを抱えて、心を病んで、退職していく人もいるらしいって。そうなると中には嫌がらせして恨みを晴らす人間も出てくるのかもね」

百合おばさんは好奇心の強さもフットワークの軽さも並はずれている。おばさんは自分のカップにコーヒーを淹れながら、けろっと話題を変えた。

「あの年で足の骨折だとリハビリが大変ね。一人暮らしじゃ無理だから自宅に戻るんでしょうね。……娘にしたらあんな父親はいない方がいいって思うわよねー。かわいそうにねー」

おばさんは娘に同情している。誰でもそうだろう。茉莉ちゃんもおばさんに頷いている。俺だって娘のことを思うと重苦しい気分が消えない。

「でもねぇ諒クンに見せつけるためにそんなことまでやるとはねー。大学辞めて一人暮らし始めて、話を聞いてくれる人が誰もいなくなって、その落差が大きすぎて、余計におかしくなったのかもしれないわねー」

「どうして離婚しないんだろう。おばさん理解できる?」

俺は娘に訊いてみたくても訊けなかったことを口にした。

「奥さんのことでしょ？　経済的なことが大きいんじゃないかな。今の状態なら年金も入るし。娘は耐えられなくても、女房なら慣れちゃえばさほど気にならなくなるのかもしれないわ。亭主が幼稚だって女はお金さえあれば生きてゆけるし、しゃべりたいことをしゃべらせて聞き流していればある意味扱いやすい男だからね」

「離婚して困るのは男の方なんじゃないの？　判子押さないよきっと」

茉莉ちゃんが軽蔑調に言う。

「そうね。仕事辞めちゃって、あんなタイプの男にいい友達がいるはずないし、八代さんみたいなお人好しで持ち上げてくれる人だってそうはいないわよ。奥さんがいなくなったら相手にしてくれる人は誰もいなくなるかもね」

「私なら絶対耐えられない。桃香連れてさっさと離婚する」

「なに言ってるの。女手一つでの子育ては大変なのよ。簡単に言わないの。私を見て分かってるでしょ」

「お母さんだってできたんだから、私だって我慢なんかしないでシングルでやっていく」

なんだか話がずれてきた。でも目の前で遠慮のない親子のやりとりを見て気分が少し明るくなった。

「だけど俺から見れば四十年以上も先に生きている男だよ。どんな人生送ってきたんだよって呆れちゃうよ。……この前友達と、犀金属の社長、震災で身銭切って他人の手助けをしたでしょ。ああいうことはあのオヤジには絶対思い付かないだろうって話したんだ。友達も社長のことを尊敬しているんだよ。どうしてこんなに違うのかなあ」

茉莉ちゃんが俺をじっと見た。桃香ちゃんは腕の中で寝ている。

「自分のことしか考えられないヤツだよね。でもそっちが大学教授で今は遊んでいて、人を助けた方が中小企業の社長でまだ働いている。なんか納得できない」

「いくらでもそんなことがあるのよ。自分のことを一番に考えることは不自然なことではないからね。その先を考えられるかどうかの違いってことになるけど、男たちのほとんどは犀金属の社長よりも、高価な物を身につけた外見や肩書きに目が行くのよ」

おばさんが茉莉ちゃんを諭すように言った。

「でもさ、若い人は他人からの評価で安心することが普通じゃない？　ＳＮＳで『いいね』を欲しがることが当たり前なんだから」

茉莉ちゃんは桃香ちゃんが生まれてからはＳＮＳをやる暇がないって言ってた。

「それは共感みたいなものでしょ。おいしい物を食べたり旅行に行ったりの話と、あのオヤジが褒められたがっていることとは違うのよ。あんただって忙しくて『いいね』をやれなくなっても普通に生きていられるじゃない」

俺は会社員の頃を思い起こした。

「会社にいるときは、自分で選択なんてほとんどできなかったなー。言われたことをやるので精一杯だったなー」

「諒クンは向いてない仕事を選んじゃったからね。ゆとりなんて全然なかったのよね。ゆとりが全くない人間が他人のことにまで気遣うのは無理があるわよね」

就職活動にきちんと向き合っていなかったことをまた思い知らされた。亜弥の言った準備不足で走らされる競走馬の喩えだ。大学卒業時に一斉に就職しなければならないシステムを他人事のように軽く考え過ぎていた。

「程度問題だけど、たいていの仕事にやりがいや喜びはあるからそれが精神的ゆとりになるのよ。ところがね、やりがいとか喜びを自分自身が感じ取れなくて、人から自分の成果を褒めてもらわないと不安な人間がいるのよ。だから常に褒めてくれる人が近くに必要になるの。子供がそうでしょ？　親に認めてもらって自分のやったことがいいことだって実感できるのよ。……あのオヤジ、大学辞めたでしょ。もう大学教授の肩書きはないわけでしょ。それで若い諒クンを使って不安を解消しようと知恵を絞ったのね」

「大人って、経験積んで自分が見えてくるんじゃないの？　何で他人の評価を欲しがるの？　そりゃあ褒めてくれれば誰でも嬉しいだろうけど」

そう言ってから茉莉ちゃんは桃香ちゃんをそっとソファーに寝かした。

「茉莉、思い出してごらんよ。あんたが小さかった頃、何でも私のところに来て、これ見てーとか、私こうなんだよーって報告して、私が良かったねとかすごいよとか褒めたり認めてあげると嬉しそうな顔して満足したでしょ。誰でもそんな時期があるのよ」

「あー、あった。で、あのオヤジが同じってわけ？」

俺も小学生の頃、台所にいるお袋に学校で描いた絵やテストを持って行くといつも褒めてくれた。それで俺は満足した。もちろんまだ夫婦げんかのない頃だったが。

「教えてくれた人がいたの。その頃に親がきちんと子供に向き合って子供の言うことを丸ごと受け止めてやらないと、自分を肯定して自信を持って自立できなくて、常に他人に褒めてもらわないと不安になることが多いんだって」

百合おばさんはさらっと大事なことを言った。そうか、そういうものなんだとすとんと納得ができた。

「そんな簡単な理由なの？　誰でも分かることとじゃない」

「あんただって知らなかったじゃない。誰でも分かることじゃないからあのオヤジ以外にもごろごろいるのよ。学校で教えてくれないことだから、自分から進んで勉強しない男は自覚しないまま子供時代を引きずって年を取るってことよ」

「女は？」

「あんたは今桃香を育てているから分かるでしょ。辛いと思っても誰も褒めてくれなくても母親だから自分は我慢して、桃香中心に毎日過ごしているでしょ。でも桃香が笑ったり抱き付いてくるだけであんたは満足でしょ。子育てを通じて桃香に成長させてもらっているのよ。これからもっと桃香が難しいことを言ったり思いもかけないことをやったりし出すから、それにきちんと向き合ってあげればあんたも桃香も成長していけるわよ」

哲ちゃんからも同じ話を聞いた。

目の前で交わされる母娘の会話が新鮮だった。茉莉ちゃんが若くして結婚したばかりの頃、親に反発する反抗期の娘のようなときもあった。今日の会話とは随分違っていたと記憶している。茉莉ちゃんが母親になったからだろう。

そして亜弥のことを思い出した。亜弥は付き合い始めた頃から比べると、就職してからいつの間にか俺よりもずっと大人になっていて、それが俺には鬱陶しくなった。そのくせ当時の俺の本音は亜弥に愚痴を聞いて欲しかった。俺は深く考えもせずに就職したが、亜弥は自分のこだわりを貫いた。俺の幼稚さで亜弥から逃げたようなものだ。反抗期の子供みたいじゃないか。

男が勉強しないまま大人になるって、確かに哲ちゃんと話題にした三人のダメオヤジが若いときはともかく、じっくり読書している姿なんてイメージできない。読書だけが勉強ではないけど、この部屋にも哲ちゃんの部屋にもたくさんの本が並んでいる。

「諒クン、考え込んでいるみたいね。あのオヤジのことなら、気にしないでいいのよ。自分でバカやって怪我したんだから」

　俺はそこではないとはっきり言えなかったが、茉莉ちゃんが横から、

「諒ちゃんは同じ男として考えさせられちゃうんじゃない？」

「うーん、あんなクソオヤジにはなりたくないけど、無自覚に生きていけばガキのままに年を食っていくのかなあって」

　さすがに亜弥のことは口にできない。

「諒クン、『アローボウ』、手伝った間、いろんな男たちを観察したんだから、これからはそれを参考に将来を考えればいいのよ。学生時代とは違った仕事の選び方ができるんじゃない」

　おばさんは励ます言い方ではなく、にやっと俺を試すように言った。

「あれっ？　諒ちゃんは学校の先生になるために仕事辞めたんじゃないの？」

　茉莉ちゃんはソファーで桃香ちゃんがぐずり始めたのを寝かし付けようとしていた。茉莉ちゃんは振り向いて付け加えた。

「私そう思っていた。だって諒ちゃん向いていると思うよ」

俺は虚を突かれた気分で反応ができなかった。

「どうして向いていると思うの？」

おばさんが訊いてくれた。

「雰囲気。清潔感あるし、優しくて話しかけやすそうだし。勉強の教え方がうまいかどうかは知らないけど」

「茉莉は生徒の立場でそう思うんだ。……なるほどね」

実習のときに付いた指導教諭の先生をまた思い出した。

「でもねえ、中学の社会科ってすごい倍率なんだよ」

「あのオヤジも中学校の先生だったんでしょ？」

茉莉ちゃんが痛いところを突いてきた。哲ちゃんも資格試験を受ければいいと言っていたっけ。茉莉ちゃんの思い込みは俺の背中に張り付いて見えていなかったことを教えてくれた気がした。

「諒クン、前に受けたときはここに住んでいたわよね。そんなに勉強していたっけ？」

おばさんが天井を見て思い出そうとしている様子で訊いてきた。

「教育実習終わってから少しだけ」

「まだ五月になったばかりなんだから、今からやれば間に合うんじゃないの？」

いくら二人に言われたからといって、じゃあそうするなんて言える性質のことではない。おばさんには教員をやっている友達が何人もいる。演劇仲間だ。おばさんが仲間から聞いた学校の話や教員の話を始めたが俺は曖昧な返事をしてその場をやり過ごしていた。教員採用試験をまた受験することに本気になれるかどうかを考えていた。

お袋から残業で遅くなると連絡があって、茉莉ちゃんの旦那も遅くなるから、百合おばさんが夕食を作ってくれた。『アローボウ』の冷蔵庫から残り物を全部運んだから、不統一ながら品数の多い夕食になった。食事しながらの話題は土日に実家へ行っていたおばさんの話から、茉莉ちゃんが田舎の思い出を弾んだしゃべり方でし始めた。

「小学校の頃までは休みのたんびに行ってたの。一番下の男の子はまだ小さかったけど、二人の従姉妹が遊び相手だったし、伯父さんが裏山に連れてってくれて、木の名前とか草の名前を教えてくれるの。アケビも食べたし、キイチゴっておいしいのよー。今でも味を覚えてる。伯母さんも優しくて楽しい人だよねー」

茉莉ちゃんが幼い表情になり、俺に向かって思い出話を続けた。

「伯父さんはねえ、茉莉、茉莉ってしょっちゅう私を傍に呼ぶの、従姉妹たちはお祖父ちゃんとお祖母ちゃんが相手をして、私だけを連れて散歩に行ったり、遠くまでかき氷を食べに行ったりして私を特別扱いしてくれたのよ」

おばさんは複雑な笑顔をした。

「茉莉が小さな頃、田舎から帰るときにね、駅のホームで見送られて電車に乗るでしょ。茉莉だけが大泣きするのよ。兄の二人の娘は少し寂しそうだけど泣かないの。両側から兄の手を握ってね、やっと父親が自分たちのものになるって、たぶんほっとしていたと思うわ」

おばさんは茉莉ちゃんのためにお兄さんに父親代わりをしてもらったのだろう。茉莉ちゃんは伯父さんとの思い出話を続けたが優しい父親を懐かしがっているように見える。小学校に入ってからはおばさんが茉莉ちゃんを田舎に送り迎えをするだけで長い期間田舎に預けて働いていた。百合おばさんのお父さんが亡くなってから、伯父さんが忙しくなって長期間滞在することは止めた。それでも電話などで茉莉ちゃんと伯父さんの繋がりは強く、茉莉ちゃんが結婚する前にも大須賀さんを連れて伯父さんに会いに行ったらしい。

「だから私は友達がお父さんの話をしても寂しいと思ったことはないの」

俺は中学の同級生を思い出した。哲ちゃんを一緒に見送った瀬山のことだ。

「中学のときにね、授業中に先生の注意を引こうとして目立つことばかりやるやつがいたんだ。男の先生に注意されると嬉しそうで、すぐ授業と関係ないことを先生と一対一で話し出すやつでね。そいつの家に遊びに行ったやつがいて、父親がすごく怖くて、父親が近くにいるとおとなしくて暗いんだって、こっそり俺たちに教えてくれたんだ。今思い出した。家で満たされない気持ちを学校で解消してたんだなきっと」

「そんな例はたくさんあるのよ。でもほとんど不自然な自分に気付かないままに大人になっちゃうのよ」

「諒ちゃん、やっぱり先生になったら？　そういうことに気付ける先生って少ないんじゃない？　私が中二のときの担任が嫌なやつでさあ、みんな嫌ってた。だから誰も相談しになんか行かなかったよ。でもクラスに家のことで悩んでいる子いたもん。私の仲良しだった子もそうだったし。例のオヤジ、中学と高校で先生やってたんでしょ？　生徒の辛さとか心の痛みとか理解できないやつだったよきっと。自分のことばっかりだもん。諒ちゃんなら悩んでいる生徒に気付いてやれるんじゃない？　事情を訊いてあげて、答えを与えられなくても、一緒に考えてあげるだけで生徒は救われるんだよ」

茉莉ちゃんは感情を込めて主張する。百合おばさんは茉莉ちゃんの言うことを真剣な表情で聞いている。いちいち頷いてから俺の顔を見た。

「先生になる前に、いろんな経験を積んで、悩んだ人の方が生徒の力になれるんじゃない？　学校は塾や予備校じゃないんだから、勉強だけ教えればいいところではないからね」

俺は天然ボケ教師のせいで寂しい思い出を忘れていない哲ちゃんのことを考えた。

九

中棲屋母娘に鼓舞された気分を引きずって部屋に戻りベッドに寝ころんだ。励まされてむき出しにされた俺の思考回路には負荷がかかり、焦りが溜まっていた。クソオヤジのあの表情、額から出血し眼鏡がずれた悲惨な表情が浮かぶ。子供じみた無意味な汚名返上策。俺には生理的嫌悪感が残っている。俺が今の生活を続ければ、何もせぬまま余裕なく自分のことで手一杯となり、俺も若い世代に顔を背けられるようなオヤジになるのかもしれない。

大学三年生の終わり、教員採用試験の説明会に出た。取り敢えず受験の申し込みをしておいた。当日欠席もありだと気楽に考えていた。本気で受けようという気になったのは実習が終わってからだ。確かに試験勉強をする準備期間が少なすぎた。それだけではなく、実習のときの先生が持っていた遙か遠いところにある能力と資質に怖じ気付いてもいた。そのくせどこかであわよくばと甘っちょろい姿勢で試験会場に行き、集まっている受験者の多さで戦意喪失してあっけなく一次試験で敗退した。だから落ちたことに大きなショックもなくあんな会社に入ってしまった。努力と呼べるようなこととは縁遠い準備だった。懸命に突っ走る亜弥への幼稚っぽい意地もあったことを今の俺は認められる。

茉莉ちゃんがなぜあんなに強く俺の背中を押したのか。たぶん中学生になって伯父さんと会う機会が減っていた茉莉ちゃんは、母親しかいなかったことで辛い思いをしたこともあったんじゃないか、そのことを誰かに聞いてもらいたかったのではないかと想像した。たぶん百合おばさんはそのことに気付いているのだ。茉莉ちゃんが歳の離れた大須賀さんと若いうちに結婚したこともそのことと関わっているのかもしれない。

俺の想像が当たっているかどうかはともかく、茉莉ちゃんに俺が教員になってもいいんだと保証されたような安堵感はもらった。

哲ちゃんが強調したのは亜弥との関係修復だった。それよりも俺が職業人の哲ちゃんに自分の職業の誇りを語れない立場を続けることの方が申し訳ないことじゃないか。哲ちゃんに失礼じゃないか。

目が冴えてなかなか寝付けず、眠れたのはかなり深夜だったが、朝お袋が出掛けるドアの音で目が覚めた。

今の俺はあのクソオヤジにすら軽々しく扱われるプータローに過ぎない。未熟者の俺は優れた人を目標にするより、ダメ人間を越えられる自信で前に進む方が容易だ。俺が教員としてやっていける確信なんてないが、クソオヤジが初めは中学校の教員だったことが分かってからぐっとハードルが下がっていた。教育実習のときの先生には及ばないが、天然ボケやクソオヤジより俺の方がましな教員になれる。あのクソオヤジが教員をやっていたなら、俺みたいな人間にも教員をやる資格がある。生徒の前で自分の自慢話をし続ける恥ずかしい教員にはならない。自分が子供たちの前で偉そうなことを言ったって、あのクソオヤジよりはましだ。そんな理由で教員を目指すことが正しいかどうか分からないが、ハードルが下がったせいでエネルギーが湧いてきた。

午前中に横浜駅の大きな書店まで行って教員採用試験の問題集を数冊買った。応募期間は始まっている。帰ってからパソコンで応募申請を済ませた。翌日から午前中は自分の部屋で、遅めの昼食を済ませてから歩いて十分ほどで行ける図書館で試験勉強を始めた。市立図書館は月曜が休館で週二日は夕方五時頃に閉館する。その他の四日間は夜七時過ぎまで開いている。その日は夕食の時間までいられる。

百合おばさんは『アローボウ』を閉店させて間もなく店舗の売買を扱う専門業者を呼んで査定させた。

「製氷機や冷蔵庫は運搬費用と工事費を考えると向こうで買った方が良さそう」

ということで、居抜きでの売却を業者に任せた。おばさんのマンションは地元の不動産業者を呼んで査定をさせ、駅に近いから買い手は必ずいると請け合ってもらった。開店資金をどれくらい用意できるかとお袋としょっちゅう相談し、実家と頻繁に行き来し始めた。『アローボウ』で使っていたグラスと食器にはおばさんが気に入って買い足した物もあり、大量の酒類と一緒にマンションに運んだため部屋が手狭になった。それもあっておばさんが田舎から戻ってくるたびに食事を作るのは不経済だからと夕食はほとんどうちに来て三人で一緒に食べるようになった。

お袋は「採用試験に再挑戦するの？」と一度確かめただけで、賛成も反対も言わず、

「今の仕事、デスクワークばかりで、筋肉が落ちているでしょう。足腰の筋肉を付けないと、あっちに行ったら大変だからね」

と、駅前のフィットネスクラブの申し込みを済ませた。俺が教員採用試験を受験することなんか興味がないみたいだった。俺はルーティンワークができたから生活にリズムが出てきて、その毎日に慣れてくると試験対策に自信が出てくる。

哲ちゃんにメールを出した。

〈中学の教員採用試験を受けることにした。毎日まじめに勉強している〉

〈試験勉強は集中力だから、終わるまで誘うのは止める。結果にこだわらず、経過にこだわれよ！〉

哲ちゃんらしい返信だった。

大学受験の勉強とは比較にならないくらいに集中できていた。問題集をこなしていくと、三年前がいかに力不足のままで受験していたのか、いったい何点取れていたのか、恥ずかしくなるくらいだった。

図書館の閉館時間が早い日、お袋が一時間ぐらいフィットネスクラブに寄ってから帰ると言っていた。腹が空いてきたけどもう少し我慢しなければ晩ご飯にありつけない。

スマホが震えて、茉莉ちゃんの声で、「晩ご飯できたからおいでよ。おばさんにも連絡してあるから」と言われて隣に行くと、珍しく茉莉ちゃんの夫の大須賀さんもいた。テーブルには見覚えのあるラベルの赤ワインがあった。『アローボウ』の棚にあったやつだ。高いから俺が注文を受けたことはない。栓を開けた酒はここで飲んでしまうつもりなんだろう。百合おばさんはお袋がもうすぐ帰って来るからそれまでワインを飲もうとグラスに注いで配った。俺は飲んでしまうと勉強ができないと言おうか迷ったが、高級ワインも飲んでみたかった。おばさんのくれたワインはグラスの底に一センチほどしか入っていなかった。

「受験生にお酒はまずいからね」とにやりと笑った。

桃香ちゃんは大須賀さんの膝に立たされて、パパと見合うように気を付けの姿勢を繰り

返し、みんなが笑顔で見ている。茉莉ちゃんが、

「最近膝に立たせるとああいう風に全身に力を入れて気を付けをやるの。顔を赤くしながら」

「もうすぐ桃香はハイハイを始めるわよ。筋肉が付いてきてああすると血行が良くなって気持ちがいいのよきっと」

おばさんは落ち着いて解説する。俺はただただ感心する。赤ん坊はこうやって段階を踏んで二足歩行を始めるのだなと。段ボール箱がダイニングテーブルの周りを囲んでいるこの部屋でハイハイはできなさそうだ。桃香ちゃんがハイハイの次に二足歩行を始める頃にはこの部屋におばさんはいなくなっているはずだ。

お袋が顔をほてらせて帰って来て席に着いた。食事が始まり百合おばさんが話し出した。

「母がねえ、お店を手伝いたいって言い出したのよ……」

おばさんのお母さんは具合が悪くて、お兄さん家族と同居したと聞いていた。それがきっかけでおばさんが実家に通って新しいお店を開くことを思い付いたはずだ。

「身体の調子は大丈夫なの?」

俺は当然の質問をしたが、お袋と茉莉ちゃんは事情を分かっているような表情だった。

「母はねえ、転んで捻挫したんだけど、軽い胃潰瘍もあることが分かって兄のところに

移ったの。怪我も病気もたいしたことはないのよ。大きな問題は近所の仲良しのおばあちゃんの一人が脳梗塞で亡くなって、もう一人が畑の斜面から落ちて骨折して入院したから茶飲み友達がいなくなって、その前に飼い犬が老衰で死んじゃったの。立て続けに起こって精神的に落ち込んだのが大きな理由だったのよ。でも私が実家に戻ってお店を開くことを相談してからどんどん明るくなって、最近資金の目処が付いて話が具体的になってきたら、お金も出すから私も働きたいって言い出したのよ。この前は通帳を私に預けるって言い出されて困ったわ」

「お母さん、やっぱり本気なんだ。まだお若いものねえ。分かるわー。暇だからいいってものじゃないものね」

お袋は百合おばさんと一緒に行ったときにお母さんに会ってきた。上品で若い頃はすごく綺麗だったに違いないと話していた。

「そう、母は地元に人脈はあるし、小さい畑だけど野菜作りはずっとやっていたでしょ。食材の調達には大きいのよ」

「今度私が行ったときにお母さんも一緒に計画作りに加わってもらえば？」

お袋は勢いが増す。二人のやりとりを目で追っていた茉莉ちゃんが、

「ねえお母さん、私たちも田舎の家の近くに越そうと考えているんだけどどうかな」

俺は驚いて動いていた顎がいっとき止まった。百合おばさんも少し身構えたような表情に変わった。

「お店を手伝いたいの？」

「必要なら手伝ってもいいけど……」

大須賀さんが話を引き取った。

「二人で話し合ったんですが、われわれも田舎で暮らした方がいいんじゃないかと考えたんです。僕は今の会社を辞めて独立しても会社から仕事を受けられるし、ネット環境さえあれば田舎でも仕事ができますし。ただ収入はだいぶ減ると思いますが、ゆとりができて桃香と遊ぶ時間も増えますし、桃香が大きくなっても環境のいいところで遊べますから」

「茉莉も覚えているだろうけど、冬は寒いし風も強いし、何にもないところでしょ。ケーキ一つだって買うのは大変なのよ。よく考えて覚悟を決めたんなら反対しないけど、全部自分たちでやるのよ。冷たいようだけど、私は人のことどころじゃないからね」

「うん当てにしていないから大丈夫。もう家探し始めてる。庭が広くてネット接続が安定しているところ」

お袋はにこにこ聞いている。

「空き家はあちこちにあるみたいよ。人が住まなくなると家は傷むのが早いから、喜ばれるわよ」

　お袋は茉莉ちゃんが近くに来れば心強いのだ。何せ見ず知らずの人ばかりのところで働いて暮らすつもりなんだから。でも俺にとってはまた激震だ。茉莉ちゃん家族も行っちゃったら、この町に知り合いもいなくなる。俺は完璧に一人取り残される。大須賀さんは膝に乗せた桃香ちゃんに嬉しそうに話しかけている。桃香ちゃんはほとんど寝ているから、目が覚めている桃香ちゃんを膝に乗せていることが嬉しいのだろう。今の大須賀さんは桃香ちゃんと遊ぶ時間があんまりないのだ。

「百合ちゃん、劇団の方は片付いたの？」

　そういえば俺が『アローボウ』を手伝っている頃、おばさんは所属しているアマチュア劇団の話を全然していなかった。

「ああ、もう引き継げるメンバーも育っているから話はしてある。維持するために高校と短大の演劇部との関係も作れたからメンバーには困らないのよ」

「百合ちゃんのお兄さんは野草のことも詳しいよね？」

「うん、すごく詳しい。本当は植物学者になりたかったくらいだから。でも山菜やキノコがどこで採れるかはうちの母とか近所の人たちの方が詳しい。ご近所から買い取った方が喜んでもらえるし」

どうしても話題が新しいお店のことになる。

「私は山菜とかキノコ料理はあんまりレパートリーがないから研究しておく。来年の二月まで仕事続けるけど、三月になったら百合ちゃんと一緒にやる予定で進めるわ。諒は四月から働ければ問題ないし、試験に落ちたらマンションの共益費ぐらいは私が出すから、アルバイトで食費を稼いでまた試験を受ければいいでしょ」

このマンションからお袋と隣の百合おばさんがいなくなって、茉莉ちゃん一家もいなくなって、定職のない自分が一人で生活をする事態は、今とは別次元への変化だ。でも考えてみれば亜弥がいたとはいえ学生時代はアパートで一人暮らしができたのだし、哲ちゃんという心強い友達と再会できたのだ。

梅雨空が多くなって唐突に亜弥からフランスの絵はがきが届いた。短期だけれども出張でフランスに初めて来たことと、俺が仕事を辞めたことを人伝に聞いたことが書かれていた。俺を心配して寄こしたはがきというよりも、フランスに来られた嬉しさを告げたかったのだと読み取れた。亜弥が無邪気にしゃべる表情が浮かんで口元が緩んだ。はっきり別れを告げたわけではなく、中途半端な気持ちで会わずにいる『元カノ』のはがきに重苦しさはなく、素直に共感して喜んでやれる自分の感情が意外だった。今亜弥に会ったら素直に話ができそうな予感がした。会わなくなった間に、俺は何段かの階段を上れたのかもしれない。

そろそろ昼ご飯を食べて図書館に行こうとしたところ、百合おばさんのノックがあった。

「諒クン、昼ご飯食べよう。おいで」

おばさんはこっちにいる日でもしょっちゅう出かけている。実家に帰るとしばらく帰って来ない。相変わらず元気でエネルギッシュだ。今日はバゲットを切って、野菜とうまそうなハムを揃えて待っていた。

「諒クン、試験が終わるのはいつなの？」

「一次試験に通れば二次が八月中旬」

「じゃあ八月下旬から力仕事の手伝いを頼むわ」

「何をやるんですか？」

「裏山に散策路を作るの。コースの大半は決めてあるんだけど、歩きやすくするために、丸太を埋めて滑り止めの階段作ったり、草刈りなんかの仕事」

「僕にできる仕事？」

「教えてくれる人がいるから大丈夫。兄が張り切っちゃって、散策路沿いに野草や木の名前を書いた立て札を作ろうとか、キイチゴとアケビをふやそうと言ってるの。開店のときには散策路の写真もホームページに載せられるようにしたいから早く作らなくちゃいけないでしょ。森林浴もできるお店なんていいでしょ。それから裏山に耕作放棄地があって、そこに丸太を組んでお弁当を食べたり、近所の人たちが山を眺めておしゃべりできる場所も作りたいの。その資材を運ぶためにも道を早く作んなきゃならないのよ。その後で草刈りをしてほしいの」

おばさんは役場で手に入れた大きな地図を座ったまま片手で掴み、無理な姿勢で広げて、「ここにこうやって道を付けるの」と説明する。部屋の中には紙箱や段ボール、紙袋が大量に置いてある。食事テーブルの周囲だけが空いている。

地図を段ボール箱の上に広げて放り出したまま二人の昼食がやっと始まった。おばさんは草刈りが終わったら耕作放棄地で蕎麦を作りたいとか、うどん用の小麦粉は地元産でまかないたいとか、お袋に頼り過ぎないようにするため、野菜ソムリエの資格を取ってから蕎麦とうどんの作り方を習うとか、相変わらずテンションが高い。俺の頭は採用試験のことが中心で、バゲットをかじる音も耳に響いておばさんの話は独り言を聞き流している具合だった。

「諒クンは二次試験終わって発表までの期間、やること決まってないんでしょう。その期間、部屋に閉じ籠もっちゃうより空気のいい場所で汗流せばずっと良いことがあるよ」

おばさんが目尻にしわを寄せて俺を見た。俺の一次試験合格を疑っていない。

一次試験の結果発表まで二週間の間延びした期間に入り、俺は亜弥に思い切って電話した。

フランスからのはがきを受け取っているのになんの反応もしていないことと試験のできに自信があったせいだ。お袋はフィットネスクラブに出かけ、百合おばさんは実家に行ったままだ。七時では早いかと思ったが、電話がつながらなくとも着信履歴に残る。亜弥がそれを見て、今付き合っている男がいたら亜弥自身が判断するだろう。結果的に折り返しの電話がなければそれでスマホのデータを削除して本当の終わりにしようと決めていた。

俺は精神的ダメージをできるだけ少なくする対策を取ってから何かを始める。慎重というよりも傷付くことを恐れる小心者なんだと今更気付いて苦笑いが出る。

意外なことに三コールで亜弥の弾んだ声が街の音を伴って飛び出した。

「諒くーん、久しぶりに聞く声だー。おんなじ声だー」

俺は「もしもし」しか発声していない。

「はがき届いた。ありがと」

「私、フランス語を話せるようになりたくて、夜習っていたでしょ。少し通じて聞き取りもできたの。仕事でフランスに行けたのも、フランス語が通じたのも嬉しくて、はがき出しちゃったの」

亜弥は他人の目があるときは普通の会話をするが、二人だけで嬉しくてはしゃぐときはこんな風に会話のテンポが速く、先へ先へ引っ張り続ける。そんな癖が仕事が嫌でたまらなくなっていた頃には俺の神経を逆撫でした。

「はがき読んだら俺の周りにフランスの風が吹いた」

亜弥が笑った。考えておいた気障なセリフがすんなり出た。俺は今どこにいるのかと訊き、電話で話せるのかを確認したら、亜弥が落ち着いた話しぶりに変わった。仕事帰りで駅前の広場にいると言う。

「ここなら電池が切れるまで話し続けられるよ。諒くん今どうしているの？」

教員採用試験の一次試験が終わったところだと話した。

「そうか受けたんだ。諒くん今度は自信あるんでしょ。自信があるなら絶対合格だよ。二次試験の準備した方がいいよ」

俺の身体から力みがなくなり、会わなかった長いブランクが消えて素直に亜弥の言葉が入ってきた。

「豚もおだてりゃ木に登るって思ってない？」

「思ってない、ない。諒くんはおだてに乗るほど単純じゃないでしょ。……私必ず、いつか諒くんに会えると思っていたんだ。だからフランスのおみやげしまってあるの。全部終わったらあげるから会おうね」

「全部終わったら連絡するから」

想定外に鼻の奥がつんとした。亜弥のいろんな気遣いを素直に受けられず、冷たい反応しかできなかった頃をまた思い出した。なのに非難がましさのかけらもなく、俺と話ができる嬉しさを隠さない調子でしゃべる亜弥が愛おしくなった。幼稚な反応をしてしまった以前の自分が情けなかった。あの頃は自分のことでいっぱいで、亜弥のことを考えるゆとりもなく、黙って亜弥の前からフェードアウトすればいいと思って逃げた。亜弥がどう感じるかなんて考えもしなかった。クソオヤジと似たようなものだ。

「亜弥のフランス語が上達してる間、大きな出来事があったわけじゃないけど、たくさんのことを考えた。考えるきっかけがたくさんあった」

「今度会ったときに聞かせて。私もたくさん考えて、分かったこともたくさんある」

亜弥の声を久しぶりに聞いて気持ちが高ぶった。台所に立ってコーヒーを淹れた。

亜弥は俺と初めて会った頃からフランス好きを隠さなかった。神田の古本屋街を一緒に歩いて、フランス関係の本をかなり集めていることを知った。きっかけが中学で漫画を読んだことだと聞いて、女子高生のような単なる憧れだろうと高を括っていた。俺がからかうようにフランスだって、アフリカに植民地を持って横暴なことをしていた時代があると話すと、植民地問題だけでなく、大戦中のヴィシー親独政権のこと、レジスタンス運動、ナチスの協力者の問題、さらに現代のフランスがもっとも多様な家族形態を認めている国だということまで亜弥は詳しく知っていた。

好奇心が人一倍旺盛で、一緒に街を歩くとしばしば俺に答えられない疑問を口にし、次に会ったときには自分で調べてきて教えてくれた。ファッションやグルメに興味がなく、亜弥が女友達と群れない理由も理解できた。普通の女子と話が合うはずはなかった。あれも知りたいこれも知りたいという知識欲があんなに強いのに、なぜ大した知識もない俺と付き合っていたんだろうと不思議に思う。知識のないことをばかにされたこともなく、亜弥は俺が知らなければ自分で調べるのが当然のように振る舞っていた。俺が学生向けの激安フランスツアーを見つけてチラシを渡したとき、フランス語も話せないままに行くのはフランスに失礼だと言う亜弥にびっくりさせられた。俺が友達に誘われたとはいえ入ったことがある渋谷のクラブにも興味を示さない。たまに薄い口紅をつけていたが、ショートカットのヘアスタイルと、ほとんどジーンズが基本の服装で、自分のファッションには無頓着だった。優先順位をはっきりさせて生きている亜弥にははっきりした自分の価値基準があった。

お袋が首にタオルをかけて帰って来た。

「人間ってこの年になっても筋肉が付くのねー」

そう言いながらコーヒーを持って俺と向き合って座った。

「最近、一気に若返っているんじゃない？」

お袋はコーヒーを上目遣いで啜ってから、

「あら、そう見える？……百合ちゃんがきっかけを作ってくれたからね。元々百合ちゃんは劇団の若い子と付き合いがあるでしょ。百合ちゃんのエネルギーに煽られたのよ」

「お店のこと？」

「それもそう。百合ちゃんに誘われた初めの頃は知らない人ばかりのところで生活するのは少し億劫だったのよ。だんだん他の生き方をしてみたくなったのね。あんたが小さかったら絶対にやらないけどね。……漠然と定年まで仕事して、後は孫を楽しみにのんびり過ごせればいいかなぐらいしか考えていなかったんだけどね。百合ちゃんといろいろ話しているうちに囚われることがなくなってきて、目の前がだんだん広がってきた感覚ね」

「どういうこと？」

お袋は俺が若返ったと言ったことに明らかに機嫌を良くしている。話し方のテンポがいい。

「あんたに構い過ぎていることとか、子供が大人になったら後は自分の生き方を中心に考えればいいんだとか、体力は年齢だけで決まるものではないんだってこととか……。既成概念とか一般常識で自分を縛ることなんかないんだってことかな。そう考えるとこれからの私の人生にもいろんな可能性があるんだって考えて、楽しくなっちゃってさ、今の仕事も辞めちゃえって決められたのよ。あと八年ぐらいで共済年金も出るから、失敗したってたかが知れているしね」

「ふーん、お袋の年で仕事辞めるって、清水の舞台飛び降りる感じ？」

「そうでもない。自分は結構自由なんだって自覚したら、勇気なんて必要ないのよ。与えられた仕事をこなすだけよりもさ、自分で仕事を選んで、それが人の喜ぶことなら毎日が楽しくなりそうでしょ。……田舎が嫌で都会に出てきたのに、結局百合ちゃんの田舎に行くのが我ながらおかしいんだけどね」

日曜日、茉莉ちゃんが家族でやって来た。隣のおばさんの部屋に風を通しに来たという。百合おばさんは実家に行ったきり一週間以上留守にしている。お袋が招き入れ、お茶になった。

「今大工さんが入ってて、台所を改築しているんですって。座敷の方はできるだけいじらずに、そのまま使うって。お客さん用の座卓が足りなくて、近所で使わなくなった古い座卓を引き取りに回ったり、蔵の中の食器で使えそうな物を選んでいるうちに一日が過ぎるって笑っています」

茉莉ちゃんが報告した。

「百合ちゃんってほんとにエネルギーがあるわよねー。仕事が早いし」

「ほんとにすごい女性です。ついていけません」

大須賀さんがにこやかに言う。何度も会っているお袋は「康雄さん」と話しかける。

「お母さんはねえ、無駄に疲れることは嫌いなの。元気でいるといろんなアイデアが浮かぶんだって。康雄さんが疲れた顔していると、何のために働いているのって訊くの。家族のためって答えると、疲れた顔して帰ってくるのが家族のためになるわけない。必要なお金だけを稼げばいいんだ。したり顔で世の中厳しいって言えば済むと思っているようだけど、厳しくしているのは自分だって」

「お母さんの言われることは分かるんですが、会社が受けてしまった仕事は納期までに片付けなくてはいけませんし、ゴルフに行くのにも、仕事の延長だと言っても、温暖化問題を言いながら、炭酸ガスを吸ってくれる樹をちょん切ったゴルフ場で玉転がしなんかしてんじゃないって怒るんですよ。辛いところです」

大須賀さんは人当たりが柔らかく落ち着きがある。百合おばさんと戦おうなんて無謀なことをとっくに諦めている口調だ。

「康雄さん、向こうで会社立ち上げる計画は進んでいるの？」

「今の会社とは話が付いています。仕事の一部も回してくれる予定です。今伯父さんの病院の近くで候補を三軒に絞りました。僕も一度見に行ってきたんですが、結局お母さんとお祖母さんが探してくれました」

大須賀さんは茉莉ちゃんが専門学校を卒業して入ったＩＴ関連の会社の上司で、出会って間もなく結婚した。二人ともネット環境さえあれば田舎でも仕事ができる。百合おばさんはこの二人にネットを使ったお店の宣伝を任せるつもりだ。

「この前、百合ちゃんの実家に行って、周りの様子も見て来たでしょ。あちこちに空き家があるのよねー。庭も広くて、日当たりも良くて、家庭菜園なんていくらでもできるようなお家なのに、空き家のままだから傷んでいるのよ。買い取りたいところだけど意外に手放したがらないんだって。だから安く借りられるんじゃない？」

「それがねおばさん、家を貸すことに慣れていないから貸したがらない人が多いんだって。特にね、仏壇を置いたままの家が結構多くてね。だからお母さんとお祖母ちゃんの伝手《つて》を辿《たど》って話をしてもらうことにしたの。だからまず家を決めてから交渉するの」

「そうか、そこは百合ちゃん家が地元の名門だからねえ。田舎はそういうもんだわねー」

最近の井之川家と中棲屋家の話題はお店と移住関係ばかりだ。


問題集をやる必要はなくなったものの周囲が落ち着かないまま七月末、書留で一次合格の知らせが届いた。

学生のときは一次で不合格だったから、お袋に見せて少しほっとした。もう後戻りできず二次の準備を始めた。面接はともかく指導案を作って、模擬授業をやらされる。教育実習のノートは全部取ってあるが、参考資料を買うためにまた横浜駅の大型書店まで行くことにした。用事を作ってたまには外出したかった。

資料は買えたがすぐに帰って準備する必要もない。久しぶりに人も色彩も音も過剰な繁華街にいると気分が塗り替えられる。人の流れから身を避けてビルの壁沿いに立ち止まり、人と街を眺める。亜弥と一緒に歩いた記憶ばかりが蘇る。思い出そうとしたのではなく湧いてきたような雑多な記憶。

「全部終わったら会おうね」

亜弥の声が再生される。一つ隣の駅近くで亜弥は働いている。行けば亜弥に会えるかもしれない。電話をかけたときは七時頃に駅前にいた。一時間以上も早い時間だから歩いていけば時間調整になる。会えなくとも毎日通勤で亜弥が歩く駅前広場を見れば満足できそうだ。

亜弥の一枚のはがきと俺の一本の電話が弱い自分の芯を守る壁をあっけなく壊していた。

駅を東口に抜けて、みなとみらいの広い歩道をランドマークタワー目指して歩く。まだ歩道に熱気が残っていて汗が出る。小弓浜と違って人の目を意識しないで歩ける。今の俺にとって大きな街は自由になれる空間だ。一階に店舗の入ったビルが現れ始めて駅に向かう人の流れができ始める。

駅前広場は高層ビルがあっても港が近いせいで空が広い。クスノキの周囲を太いステンレスパイプ二本でぐるりと囲み、下のパイプの径を大きくして腰をかけられるしゃれたベンチ。尻と背中に金属パイプの熱が伝わる。周囲のビルから帰宅する人の群れが駅の中に吸い込まれ、商業施設に向かう人の群れが吐き出されて来る。人の流れから少し離れているせいか誰も腰掛けている俺に関心を示さない。暑いのに急かされるように歩く男、数人で連れ立っておしゃべりしながら通り過ぎる女たち。みんな迷いや不安なく日々この駅に降りては帰る繰り返しをしているのだろうか。亜弥はどんな表情でここに通っているのだろう。

全景が見えるガラス張りのビルにエレベーターが上下する。つい目で追ってしまう。せわしなくやたらに止まって下りていく。この時間帯はエレベーターも忙しい。空が暗くなるにつれ、周囲のビルの発する無駄に明るい光が輝き始める。ターミナルに発着するバスの数が増え、定位置を目指して運転手がハンドルを忙しく回す。マリンブルーとベージュの市営バスばかりでなく私営バスも入ってきて、塗装の違いが目立つ。どこの乗り場に着くのか目で追う。ランドマークの回廊からエスカレーターと両脇の階段を使って出てくる人が途切れない。エスカレーターの上りに乗る人も多い。買い物や飲食目的だろう。

小弓浜駅前の狭い歩道で腰掛けていたらこんな風に自分の存在感は消せず、通行人に不審な目で見られる。今は俺の存在を誰も気にしていない。自分が変わったことを実感する。以前こうしていたら誰も見ていないのに見られているようで落ち着かなかった。今の俺は自由だ。孤独感もなく、無職に負い目を感じずに雑踏の中で夏のささやかな夜風を感じ取れている。

ぼんやり正面のエレベーターの昇降を眺めているとき、速い靴音がしてすぐ近くで止まった。俺が左を向くのと同時に、

「やっぱり諒くんだー。私の視力変わってなーい」

亜弥が三メートルの距離にいた。膝上の白っぽく見えるスカートと襟なしで淡い柄の薄地のカットソーで笑っている。亜弥が現れたことが意外なことではなく、あらかじめ会う約束をしていたかのように自然な出来事だった。亜弥が先に俺を見つけた。いつもそうだった。亜弥は何かを発見することがいつも俺より早かった。

「諒くん、試験受かったんでしょ？」

「うん一次はね。二次対策」

書店の袋を持ち上げた。

「座んない？」

横を指した。なんの緊張も気負いもなかった。二週間前に電話で話しただけで、昨日の続きのような気分で会えた。でも亜弥は首を振った。

「全部終わったらたくさん話そうよ。今日話しちゃったら楽しみがなくなっちゃうよ。二次試験、あと二週間ぐらいでしょ。すぐに会いたくなっちゃったらいけないよ」

俺は意外とは思わなかった。亜弥は感覚とか感情にこだわるが、自分の感情コントロールは人並み以上にできる。そういうやつだ。俺の試験日程もネットで調べている。高い街灯の白い光に照らされている亜弥の顔をじっと見つめた。メイクをしている。顎に向かってカールさせた髪型で洗練されてきれいになった。亜弥は必要なことならすぐにやるが、今必要でないことは後回しにする。学生時代はほとんどメイクらしいことをしていなかった。でも肌理細かい頬に今日もつやがあった。

「諒くんは教採を受けようと決めたんだから、絶対にじゃましたくないよ。離れて見てる。終わったらたくさん話をしようよ。私は約束破らないよ」

硬質な言葉が最後に来た。俺を笑顔で見つめながら数歩横歩きで離れ、

「私はどこにも行かないから」

と言ってくるりと向きを変え、胸を張り、改札に向かって歩き出して振り返らなかった。亜弥は相変わらずスタイルが良かった。膝が伸びたきれいな歩き方だった。亜弥は変わっていなかった。外見はきっちりOL風に変わっていたが、包み込むような笑顔が今日も目の前にあった。亜弥は口にした以上本当にどこにも行かない。そういうやつだ。人混みに隠れるまで亜弥の姿を目で追った。後ろ姿がぼやけた。

十

二次試験の翌々日、衣類を詰めたスポーツバッグとお袋に描いてもらった地図を持ち、

百合おばさんの実家に向かった。おばさんは実家のことを群馬県北部の山の中と人に説明する。お袋は実家前の国道には路線バスが走り、郵便局も万屋《よろずや》もある普通の田舎だと印象を話していた。

東京駅で新幹線に乗り換えてからずっと続いた窓外の建物群がまばらになり田畑が混じり始めた。景色を眺めているうちにようやく自分が解放感に浸っていることに気付いた。教員採用試験を受けただけで職が決まったわけではないが。

二次試験の模擬授業は周囲の現役学生がひきつった顔ばかりに見えて逆に落ち着いてできた。面接では予想通り「なぜ民間企業を辞めて教職を目指したのか」を訊かれた。クソオヤジが中学校の教員だったからには俺だってできるなんて言えるわけはない。文具卸会社が利益第一だということは当然だろうが、その陰でもうけを二の次に子供が集まる場所として店を開けているお年寄りの営む文具店への営業を軽んじる実態への疑問。さらに中学時代に家庭に辛い事情を抱えながら授業を受けていた自分をはじめ友人や知人の思いを知ったこと。生徒が不安なく授業を受けられるように生徒の辛さに寄り添える教員になりたいと納得のできる目標が明確になったためと答えた。思い返すとこの質問だけではなく、もう少し説明をした方が良かったかと思うがもう後戻りはできない。結果に不安が全くないとは言えないが、さっぱりした感覚もあった。

在来線に乗り換え、最寄り駅からバス。バスは一時間に一本か二本、朝夕はもっとあり、思っていたほど少なくはない。駅前の食堂で昼飯を済ませてバスに乗った。駅を出て間もなく山裾を走る国道の右方向は一面の水田。伸びた稲が風になびいて葉模様を作る。穂が出始めているようだ。二十分ほどで左折して、急斜面の縁を走る谷あいの国道に入った。駅から四十分ほどのバス停で下車。五十メートルほど戻った道路沿いに石垣を壊して削り、均された一画ができている。門のあったところも削り取られ、石の門柱が転がっている。駐車場にするんだろう。一段高くなった敷地まで土がむき出しの緩い坂が作られている。上がったところが奥行きも幅も広い庭。背の高いスギの列が庭の左右を仕切っている。防風林かもしれない。正面に瓦葺きの大きな民家が建っている。網戸越しに廊下と畳がぼんやり見える。これが百合おばさんの実家だ。俺の立つすぐ右手に太い柱と土壁の納屋。庭の右奥に土蔵の入り口がこちらを向いている。土蔵前に乗用車が一台。母屋の左にこぢんまりした前庭のついた離れが短い渡り廊下でつながっている。前庭の垣根の前に小型ショベルと軽トラがある。母屋の高い屋根の背後を縁取って緑濃い梢が見える。これが裏山だろう。標高があるせいで爽やかな風が気持ちいい。

明るすぎる日差しで母屋の右端の暗い土間にいる百合おばさんの姿が見えなかった。

「諒クンこっちよ」

百合おばさんが土間から出て手招きした。ジーンズにTシャツの首にタオルをかけている。その後から土建屋のオッサンを絵に描いたような日焼けした作業着姿の男性が書類鞄をぶら下げて出てきた。

「それじゃそういうことで」

とおばさんに挨拶し、俺に会釈してから軽トラに向かった。

「暑かったでしょ？　麦茶が冷えているからね」

おばさんは土建業者に出した麦茶のコップを片手に、軽快に土間の正面にある台所に飛び上がる。髪はヘアクリップでまとめ、襟足が赤く日焼けしている。俺は土間に置かれた大きくて頑丈そうなテーブルに荷物を置き、座敷を見渡した。襖が外された三部屋が奥まで見通せた。真向かいの網戸越しに離れの一部が見える。畳の色は意外に白く赤茶けていない。横切る黒い敷居を挟んで凹凸なく真平に畳が敷き詰められている。右奥に見える黒光りする大黒柱は幅が五十センチ以上ありそうだ。頭上の梁は煤で真っ黒になっているが、屈曲した頑丈そうな木が縦横に組んである。裏山側も同じ広さの部屋があるのだろう。大きくて立派な造りの民家だと改めて思った。おばさんの立つ台所の床だけが真新しく焦げ茶に塗装されている。

「ここも土間だったのよ。台所が低いと大変でしょ。だから床をあげて、座敷と同じ高さにしたの。水回りも全部持ち上げたから料理を運ぶのが楽になるわ。でもねえ、今のところ家を出入りしていろんなことやってるでしょう。農家と同じ動きだから、前のように台所が下の方が動きやすいのよ。もっと後になってから工事すれば良かったって後悔してるのよ。やってみないと分かんないもんよねー」

百合おばさんの声は張りがあって今日も元気だ。土建屋さんと駐車場の舗装をどうするか相談していたと言いながら出してくれた麦茶は香りがあった。こんなうまい麦茶は初めてだと言うと、地元の店で買って昔の淹れ方をするとこんな味になるとおばさんは嬉しそうだ。

「道作りって本当に僕でもできるの？」

俺にはまだイメージが湧かないままでいる。

「大丈夫。今日の夕方に姪が二人来る予定だから。あの子たちは分かっている。まずは裏のスギ林の中の道が草で覆われているから機械が通れるように刈って道幅を広げるところからね」

「鎌でやるの？」

「取り敢えず今日はそうして。諒クンは草刈り機使ったことないでしょ。明日にでも姪っ子に教えてもらいなさい」

「姪御さんていくつなの？」

「姉は大学の二年で、妹は確か高二だったかな」

「あのエンジン付きの草刈り機を使えるんだ」

「一週間ぐらい前に知り合いの若い人に一日かけて仕込んでもらったの。小型のチェーンソーも扱えるようになったわ。草刈りが必要なところはその辺にいくらでもあるから、ボランティアを兼ねてね。上州女は強いって言われるだけのことあるのよ。教えれば何でも覚えようとがんばるからね」

「じゃあ着替えて、鎌でやってみる」

おばさんはさっと立ち上がり、「その辺で着替えてから、納屋に来て」と言い残して庭に出て行った。取り残された俺はその辺でと言われ、幅の広い上がり框《かまち》に立ったが部屋が広すぎて、座敷では落ち着かない、台所に続く暗い板の間の囲炉裏脇で着替え、古いスニーカーを出してキャップを被り、手ぬぐいを首にかけて庭に出た。おばさんは納屋の横の水道で鎌を研いでいた。納屋の板壁には様々な農具がきれいに整頓されてかかっている。雑巾で水を拭き取った鎌を渡しながら先に母屋の裏へ行くように言われた。おばさんは納屋の奥に入っていった。

裏山の入り口は母屋のほぼ真裏で、境の竹垣に枝折り戸《しお》がついている。夏草が上まで伸びて竹垣を圧迫している。枝折り戸の中の林にも夏草が茂り、覆い被さった隙間に踏み跡のような道が見える。おばさんは二メートル足らずの細い竹に軍手を添えて俺に渡し、「この幅を目安にして両脇を刈ってね。今日は急がないでいいからね」と言って戻っていった。早速手前から棒の長さの幅に刈り始めた。鎌はすばらしい切れ味だったが、踏み固められた道幅は五十センチほどしかない。棒の長さの幅に広げるためにはかなりの雑草を根本から刈らねばならず、外側から被さる雑草も刈らないと狭くなる。大変な作業だと覚悟したが、意外にも入り口から五メートルも行かないうちに雑草の密度が急に下がっている。日光が樹木に遮られるせいだ。

腰が痛み出し、腰を伸ばして林の奥に視線を巡らせる。スギの樹陰で暗く、全体に枯れ草色というかコルクのような色に濃茶のスギの枯葉が散らばり、シダの緑が点々と目立つ。積もった枯葉とシダで道筋が分かりにくい。樹の間隔がことさらに小道に沿って空いているわけではなく、空いているところに道が続いている。階段が必要なほどの傾斜ではないが滑り止めを兼ねた丸太を埋めて目印にする必要があるんだろう。百合おばさんが言っていた森林浴はこんなに暗い植林したスギ林を歩くことなのかと拍子抜けした。草刈りを中断して緩い上りを進むと、五、六十センチぐらいの高さの真新しい白木の祠が建っている。中には文字が読み取れないほど古い石塔が納められている。祠の少し先から下りになり小さな谷に落ち込む。谷で空が開け、対岸は濃淡の違う緑の雑木の森が広がり、谷越しの向かいに森に入る小道が見える。谷底に大小の岩に挟まれた細い流れが覗いている。

祠の向いている方角に谷筋に並行した小道が続き、辿《たど》ってみる。いくらも進まないうちに、スギ林が終わり、丈の高いススキに覆われた開けた空間の端に出た。ここが以前畑で耕作放棄された場所だろう。おばさんはここに丸太で小屋を造って休憩所にする計画なんだ。畑だった土地は俺が立つ場所が上縁で右下がりの緩傾斜地。ススキの葉越しに見える向かい側、丸い樹幹の雑木の森までどのくらいの直線距離があるのか、比較できる建物もないから見当が付かない。五十メートル以上はありそうだ。正方形とか長方形とか直線的に区切られてはいないがススキの原はかなりの面積だ。手に持つ鎌で刈り取る自分を想像すると笑ってしまうほどの途方もない広さに見える。蟷螂《とうろう》の斧ってこういうときに使う言葉じゃないか？

そうかと一人で合点した。ススキの原越しに見える森が百合おばさんのイメージにある森林浴の場所なんだ。暗いスギ林を抜けて、空の開けた場所で右手に山ばかりの景色を眺め、原を横断して進むと森に入る。最初の杉林の緩やかな上りだけで祠まで来れば残りの回遊路はほぼ平坦だから誰でも森まで行ける。おばさんの構想が分かった。

振り返ると、自分が出てきた暗いスギ林が口を開けている。正面の闇の奥に白木の祠がぼんやり浮かび上がっている。来たときには探索気分で通り抜けたが、明暗のコントラストの大きい場所から林の入り口を見ると、超現実世界の入り口のようで、お化け屋敷に一人で踏み込むような気持ち悪さに襲われた。スギ林の暗闇が人間世界とは違う神秘的な空間に見えてきた。自分以外に人もいない。都会の喧噪もない。蝉の鳴き声と葉擦れの音しか聞こえない。ここは見知らぬ場所だ。急に心細くなった。緊張で尿意を催し、その場で済ませてから足早に祠に向かい、左に折れた。急ぐから足もとの凸凹が気になる。子供時代にこんな林を友達何人かと歩いた記憶がある。確か林間学校だった。見知らぬ暗い林の中を初めて一人で歩いている。「『行きはよいよい帰りは恐い』ってこのことを言うんじゃないよな」と独り言をつぶやく。帰り道がこんなに心細く恐ろしいものとは思っていなかった。

「こんにちはー」

二人連れの娘が同時に大声で声をかけてきた。足下に気を取られ俯いて歩いていた俺は仰天して身体がのけぞった拍子に片足を滑らせて声を上げた。足をばたつかせてかろうじて体勢を保ち、尻餅をつくことは免れた。娘の片方が吹き出して腰を折り曲げた。二人ともジーンズと似たような色違いの長袖Tシャツ姿で、首に手ぬぐいを巻いて襟の中に入れ、片方はキャップを逆にかぶり、黒いベルトをたすきにかけ、透明のゴーグルを額に、マスクを顎に、軍手で草刈り機を担いでいる。もう一方の年下に見える娘もゴーグルにマスク姿で小型のチェーンソーをぶら下げている。年嵩の娘が笑いかけながら「お疲れ様です」と挨拶してくれた。

この二人が百合おばさんの姪だ。おばさんは夕方に来ると言っていたから、仕事は明日からだと思っていた。「あ、どうも」と自分より若い二人を前にあがってしまった。「お手伝いお疲れ様でーす」年下の娘がぺこりと頭を下げた。やっと逆光で分かりにくかった二人の表情が見てとれた。田舎の娘のイメージとは合わない健康的な美人姉妹だった。二人ともスポーツをやっているようなバランスのいいスタイルをして、草刈り機やチェーンソーを持つ姿がきまっている。「私たちもやります」と姉の方が言って、エンジンを手慣れた動作でかけ、草刈り機をベルトで吊って俺のやりかけた左右の雑草の根本を地面すれすれに刃が当たるように刈り払い始めた。妹の方は道を外れて林の中に入り、紐を力強く引いて一発でチェーンソーのエンジンをかけ、林に点在する灌木を切り始めた。二人の完全装備の機動部隊がエンジン音を響かせ始めたとたんに、林の暗闇が神秘性を失った。鎌一つを握った俺はやることがなくなり、言われるまま草刈り機の動く半径のはるか外からスムーズな動きに見とれていた。林の入り口から五メートルほどを刈り払い、棒を当てると余裕の広さの道幅が確保された。

妹は届く高さのスギの枝をチェーンソーで伐っている。チェーンソーの回転が落ちるのを待って姉が怒鳴った。

「スミレー、先に行ってるよー」

「分かったー、あとから行くー」

妹が怒鳴り返した。妹の周囲の林床は緑のシダが点在し、灌木と枯れ枝が横たわっている。姉の方は草刈り機を担いで「畑へ行きましょう」と俺を先導してずんずん歩き出した。

「諒さんに草刈り機の使い方を教えてあげろって叔母さんに言われたから、あっちでやりましょう」

「そうだ」と言いながら振り向いた。

「私たち、叔母さんの姪で、私が中棲屋蘭、スズランの蘭です。あっちにいるのが妹の菫《すみれ》です。自己紹介遅れました。すいません」

「僕は……」

「聞いてます。叔母さんの親友の息子さんで諒さんでしょ」

少し早口の歯切れ良い口調で、頭の回転が速そうな感じのいい娘さんだ。大学二年と言ってたが、ずっと年上に見える。そういえば茉莉ちゃんもジャスミンの一種で花の名前だと聞いた。名付け親は植物好きのお兄さんかもしれない。

俺は祠の前で立ち止まり、

「古くて読み取れないけど、この祠には何が祀られているのかなあ？」

答えを期待せずにつぶやいた。

「この辺では山神様って呼んでいます。山菜取りやキノコ狩りや猟師さんや山仕事の人が山に入るときここで手を合わせるんです。今でもこの辺の人、ここを通って山に入るんですけど、必ず手を合わせているようです。やりましょうか」

そう言って蘭ちゃんは草刈り機を足元に置き、軍手をとって両手を合わせた。俺も鎌を置いて倣った。

「山神様にお願いすれば安全でたくさん採れるというのはもちろん迷信ですけど、実際問題、山の中で道に迷ったり怪我をしたりすれば大ごとですよね。街中で迷ったり怪我したりとは次元が違いますよね。だからここで手を合わせて気持ちのスイッチを切り替えてきたんですよねきっと。子供の頃、祖父や祖母から山に棲む山神様は女の神様で、恐ろしい顔してて子供を山奥に誘い込むとか神隠しに遭うとか脅かされました。教育ですよね、それも。子供が簡単に山奥に入らないようにって。山は季節で景色が変わるから、慣れないと前に来た場所が同じ場所かどうかすら分からなくなるんですよ」

「なるほどなあ。こんな暗い林に一人で入ったことがなかったから、少し怖いと思うもんなー。別の世界みたいで」

「諒さん焦っていましたもんね。このスギ林は植林しただけでほとんど手を入れてなくて、間伐してないからこんなに暗いんですよ」

「暗いのは手入れがされていないってこと？」

「そうです。ほらあそことあそこに結構太い木が倒れているし、かかり木って言うんですけど倒れかかった樹が隣にもたれかかっているでしょ」

指さす方には落ち葉に紛れ地表の凹凸に隠れて横たわる倒木と倒れかかって近くの枝にもたれている樹がある。

「間伐していないから上に伸びても横に枝が伸ばせないでしょ。だから養分が作れないし、養分になる下草も生えなくて、根の張り方も弱いから、簡単に風で倒れたり病気になったりするらしいです」

俺は下草が無くて暗い林が良く育った林だとずっと思っていた。

「あのチェーンソーで間伐はできないの？」

細い木を伐れば良いだけなら簡単にできそうだった。蘭ちゃんは苦笑いを浮かべた。

「素人のできることではないです。どの方向に倒すかを決められないし、他の木にもたれかかったり、立っている樹を傷付けたり、足場が悪い場所の作業だから自分がけがするかもしれないでしょ」

俺は何にも分かっていない。恥ずかしくなった。

「海の近くに住んでいるけど、山に囲まれた生活って全然違うんだなあ」

「でも海の中も見えないから、やっぱり怖いと思ったほうがいいんじゃないですか？」

「考えたこともなかったけど、あの津波は海の底から起こったんだよなー」

「そうですね。山も海も、怖いです。私、東京で下宿しているんですけど、都会はもっと怖いかもしれないって思うんです。ここは自然を理解することで自然を利用して生きていけるけど、都会には理解できない人間がたくさんいる気がするんですよ」

俺はこのしっかり者の娘は本当に大学二年生なんだろうかと戸惑った。

「蘭さんの学部は？」

と訊くと、私大の医学部だと答えた。そうだおばさんから、お兄さんつまり蘭ちゃんの父親は病院経営の医者で、この娘さんはやがて病院の跡継ぎになるのだ。話にキレがあるわけだ。

話しながら並んで林の出口に着いた。

「もう時間が遅いから、これの使い方を教えます。私たちも一日教えてもらっただけでできるようになったので、簡単ですから」

素早くベルトを外して俺の肩にかけ、フックで草刈り機につないでから体の動かし方を教えてくれた。自分のゴーグルをかけさせ、ポケットから新しいマスクを出してくれた。

「気になりませんか？」

「え、何が」

「あの山の向こうは福島県ですよ」

蘭ちゃんの口調が尖った。俺は虚を突かれ、間があいた。原発事故のことを言っている。放射能のことは全く考えていなかったし、おばさんは何も言っていなかった。

「こっちではまだ身近な問題なんですよ。みんな忘れようとして口にしないけど。ここも父が事故の後に線量計を買って測っているんです。父が言うには雨で流されて事故直後よりかなり下がって心配ないけど、土を深く掘るようなときは注意した方がいいと言っています。だから舞い上がる土埃は吸わない方がいいです」

口調が厳しくなって、俺は無関心でいたことをなじられている気がした。

「ちょっとやってみましょう」

蘭ちゃんがエンジンのかけ方を教えた。両手でコントロールするから思ったより扱いやすい。蘭ちゃんは斜め後ろに立ち、耳元で「足元をまず固めないと事故を起こします。もう少し根元近くの方がいいです」と怒鳴ってアドバイスする。ススキの葉先が顔に刺さり、半そでの腕に小さな傷を付ける。だから姉妹は長袖なんだ。ここでの俺は無知で手のかかる新米だ。

「そのくらいにしましょう」

耳元で蘭ちゃんが怒鳴り、見やすいようにエンジンを止めて見せた。いつの間にか後ろに来ていた菫ちゃんが立ち上がって近づいた。二人は俺の近くに並び、畑だった場所を見渡した。

「ここも昔だったらいい萱場《かやば》だね」

「この前やった所よりも広いしね。もったいないって言う年寄りがいるかもね」

二人の話の意味が分かった。萱葺き屋根にはススキも材料に使われるとお袋から聞いたことがある。灌木が混じっているから、チェーンソーも必要だとか話し合っている。俺には一面のススキしか見えていなかったが、よく見ると色の違う葉がところどころに顔を出していた。

原の一番高い場所に丸太で休憩所を作るから、そこまでの道作りと、休憩所と資材置き場用の草刈りを先に終えてから、その先に見える森の入り口への道をとりあえず刈ること。それが済んだら、スギ林の中で丸太を埋めて階段を作り、道を外れて左右に迷い込まないように道案内を作ると二人は交互に俺に説明した。

「茉莉ちゃんが裏山でアケビやキイチゴを採ったって言ってたけど……」

俺があたりを見回した。

「ああ祠の奥の沢沿いにアケビがたくさんあります。それからあの森にキイチゴがあります。アケビはまだで、キイチゴは終わっちゃったな。たぶん」

蘭ちゃんが奥の森を指す。菫ちゃんが山ブドウもグミもあるよと補足する。

三人でスギ林を下る途中、妹が姉にチェーンソーを預け、マスクを着けて林の中に入り、落ちている小枝を拾い集め始めた。どうするのかと訊くと、風呂の焚き付けにすると言う。

「風呂は薪で沸かすの？」

俺はつい訊き返した。菫ちゃんは笑って、

「珍しいでしょ？　でもお祖母ちゃんはお湯が柔らかいって言うんですよ」

と言って、拾った小枝を脇に抱え、空いた手で一掴みのスギの枯葉を拾った。俺は反対側に入って小枝を拾おうとすると蘭ちゃんが止めた。

「そっちは窪地になっていて、線量が下がっていないかもしれないからやめた方がいいです」と言われて戻った。蘭ちゃんに追い付いてどちらかを持とうと声をかけても軽いから大丈夫と渡そうとしない。俺は戦力外通告を受けている。

機械を両手にぶら下げた蘭ちゃんは納屋に向かい、菫ちゃんは土蔵の方へ向かった。煙突が見えるから風呂場は台所の奥で土蔵の向かいだ。

自分だけ靴を脱いで誰もいない座敷に上がり込んでいいものかどうか迷い、結局納屋に向かった。納屋の右端に開き戸が付いている。手をかけても鍵がかかっているようだ。隙間から覗いていると、蘭ちゃんが笑いながら、

「諒さん、そこはトイレ。……もう使っていないけど」

悪いことして見つかってしまったようでばつが悪い。

「農家は外で仕事していちいち履物を脱いで家の中に入ってトイレを使うのは大変でしょ。だからどこの家でも外にトイレがあるんです。ここは家の中にもあるけど、外にしかない家もあります。昔はそれを肥料にして畑に撒いていたんですって。うまく循環させていたんですよね」

俺には初めて知ることばかり。というよりも、少し昔の日本の暮らしを何も知らずに都会で生きてきたということだ。

「そのトイレも改築して都会の人にも使いやすくするんですって」

蘭ちゃんは草刈り機の刃を洗いながらしゃべっていた。

「手伝おうか？」と声をかけても、「大丈夫ですから先に上がっていてください」と言う。今度は風呂場に向かった。土蔵の向かい側の引き戸を開けると、中は薄暗い。左手に高さ六十センチほどの大甕が三和土に敷かれた板に伏せられて三つ並んでいる。右手に菫ちゃんがしゃがみ込み、脇に太い薪を数本置いて焚口にスギの葉を押し込んでいる。「手伝おうか？」と訊くと、「じゃあお風呂の水を見てください」と言う。縁まで何センチぐらいかと言うから覗いて二十センチぐらいと答えると、水を止めてと言う。

「この水は水道？」

「井戸水をポンプで汲み上げているんです」

焚口を見て、ひょっとしたらこれは五右衛門風呂かと尋ねた。

「そうなんです。私この火を燃やすのが好きなんですよぉ」

俺を見上げて笑う。

「炎ってきれいで形が変化するから見飽きないんですよね」

何も手伝わせてもらえず、仕方なくスニーカーを脱いで広い家の中を歩いてみた。表に面した座敷には年代物の家具が置かれているがすっきり片付いている。座敷の山側に納戸と物置代わりに使っているらしい大きな暗い部屋があって、そこには生活感があった。渡り廊下にトイレがあり、離れには小さな流しが付いている。百合おばさんはここで寝泊まりしているらしい。見覚えのあるバッグが置かれ、座卓にノートパソコンが開いたままだ。脇に文庫本数冊と「野菜ソムリエ」のテキストが積まれていた。おばさんは本気で資格を取ろうとしている。

離れは六畳間二つが襖で仕切られ、奥の間には仏壇が置かれ床の間まである。こんな大きな家なら三家族ぐらい暮らせるんじゃないだろうか。

姉妹が晩ご飯の支度をしているとき、出かけていた百合おばさんの乗用車が軽トラックを従えて帰って来た。俺が呼ばれ、軽トラを運転してきた三十歳ぐらいの、百合おばさんが「ジロークン」と呼ぶ男の人と荷台から座卓を二つ運んだ。ジロークンがおばさんに話しかける様子から、彼はおばさんが獲得した地元ファンの一人に違いない。ジロークンは台所にいた姉妹に「うまくできそうか？」と声をかけた。姉妹が「この前はお世話になりました」と挨拶したから、姉妹に草刈り機とチェーンソーの特訓をした人だと分かった。

おばさんは助手席に乗せてきた七十歳ぐらいのおばあさんを俺に紹介した。百合おばさんのお母さんで姉妹のお祖母さんだった。具合が悪くなって、この家を出てお兄さんと暮らしていると聞いていたから、もっと弱々しいお祖母さんを想像していたが、動作が若々しくて背筋の伸びた人だった。

「娘がお世話になっております」と丁寧に頭を下げられて俺は慌てた。世話になっているのはこっちの方だ。

さすがに百合おばさんのお母さんだった。お袋が昔は美人だったに違いないと言ってたが、明るいところで見たら色白で眼鏡をかけているが日本髪を結ったら時代劇の奥方役になるような顔立ちをしている。

百合おばさんは疲れた様子も見せずに、姉妹が作ったカレーを食べながら、翌日からの仕事の段取りを説明し始めた。もう一台草刈り機を近所から借りて、俺と蘭ちゃんが草刈りを担当し、菫ちゃんが灌木の伐採をすることになった。お祖母さんは納戸の荷物の整理を始めるらしい。

翌々日には休憩所を作る業者が材料を運び上げ、土台作りを始める。その業者から階段の作り方を教えてもらう。来週からは駐車場の舗装が始まる。おばさんはお祖母さんと一緒に小麦を売ってくれる農家に話をつけ、糠漬けを教えてくれる人を決めて交渉する。ヤマメの養殖場で値段の交渉。手作り味噌と豆腐をどこから仕入れるか。裏山の休憩所の工事と並行して、姉妹の父親に来てもらい、奥の森に散策のためのルートを決めてもらう。その後で丸太を敷いて整備する。お祖母さんはしばらく手入れしていない離れの脇の畑一枚分を耕して取り敢えず小松菜かほうれん草を蒔くと言う。来春からは以前のように他の畑でも野菜を作れるように草刈りをやる。耕運機を動くようにして掘り返すけど、その前に大きな雑草の根を鍬で掘り起こさなければできないから、

「諒クン、やってもらえる？」

と俺が頼まれた。姉妹はカレーを食べ終えて最初は相槌を打っていたが、俺が二杯目を食べ終わる頃には黙ってしまった。話の切れ目を待って、蘭ちゃんが心配を口にした。

「叔母さん、そんなにやることが多くて大丈夫なの？　私たちは夏休みが終わったら来れないよ。叔母さんとお祖母ちゃんと諒さんだけでできるの？」

「あんたたちは夏休みが終わる前に解放してあげる。勉強があるんだから。秋の収穫が終われば近所に手伝える人が増えるから大丈夫よ。冬になる前に、外周りを終えないとね。家の中は冬でもできるでしょ」

「ねえ叔母さん、お金は足りるの？」

菫ちゃんが心配そうに訊く。

「それも大丈夫、店もマンションも売れる見通しが付いたし、補助金の手続きもした。場合によっては信用金庫から借りる段取りをつけたし」

百合おばさんのパワーには免疫のある俺から見ても今日は一段と元気だ。姉妹はのけ

ぞって呆れている。

「うちのお父さんも結構エネルギッシュだけど、十倍すごいね。どうしてそんなにがんばれるのかなあ」

姉妹が頷き合う。

「蘭は東京に下宿しているから分かっているかもしれないけど、都会は不自然なことが多すぎるのよ。コンクリートとアスファルトで全てを覆って、土を見えなくさせていることが象徴よ。住宅の材木もお米も野菜も果物も土で育っているのよ。牛乳だってお肉だって土がなければできないでしょ。地方から人も食べ物も全部吸い寄せて街を作って生活しているくせに都会に住んでいる人間はそれを当たり前に思って、地方の人間や暮らし方に無知で傲慢よ。お金さえ出せばいいって。作り手と売り手がいるからこそでしょ。最近はさぁ、おいしいって聞くと長い時間をかけて遠くまで出かけて、行列を作ってでも食べたがるんだから、こっちもおいしい料理で釣って、田舎に引っ張り出して田舎の魅力を教えるの。かといって田舎がなんでもいいなんて思っていないのよ。田舎暮らしに憧れている人も増えているから、上辺だけこぎれいにするんじゃなくて、手間暇かかる暮らしも隠さずに見せる。お金と暇のある人ばかりが来るお店になんかしたくないから安くておいしいメニューも考えてるの。だから休憩所も作るの。そこでも食べられるようにね」

お祖母さんは微笑んだまま上品に皿を傾けて残ったカレーをスプーンですくい取っている。俺は自分の無知を念押しされている気分でおばさんの話を傾聴していた。百合おばさんは二人の姪っ子に教えるというよりも宣言する勢いで交互に見つめて続ける。

「だからここが好きでここで暮らしていこうっていう若い人と、新しいことを嫌って足を引っ張る地元の年寄りを巻き込んで、いろんなことを始めるの。今私が一番時間をかけていることは、この辺の集落の年寄りとおしゃべりすること。特に胡散臭い目で見てるおじいちゃんたちとおじさんたちを懐柔すること。おじいちゃんたちが理解してくれればおばさんたちもおばあちゃんたちも動きやすくなって協力してくれる。肉体労働は若者に任せているから私は疲れない。三人ともがんばって働いてね」

姉妹は百合おばさんに圧倒されて質問を諦めた。百合おばさんのおじいちゃんたち懐柔作戦は成功するに決まっている。おばさんは手八丁口八丁の色っぽい美人なんだから。

「諒クン、足のサイズ二十六センチでいいのよね」と百合おばさんが立ち上がった。俺がここに来るときに履いていた靴のサイズを見たからと言ってレジ袋を持ってきた。中には地下足袋と五足セットの軍足が入っていた。

翌朝は蚊帳を吊った納戸の布団で目覚めた。夏なのに空気がひんやりして草の匂いが混じっている。小弓浜の朝と違う。静かだ。マンションの部屋は近くを通る高架の音と、車の音、たまに暴走族の騒音、いろんな音の中で寝ていたんだと今更気付く。

台所で百合おばさんとお祖母さんが朝食の支度をして、姉妹が楽しそうにしゃべりながら座卓に食器を並べている。「おはようございます」と声をかけてから外の空気に身体を曝してみたくなり、裏口から出て裏山のスギ林を見上げた。できたての酸素を吸っていることになるのか空気が違う。野鳥が鳴いている。足元の草露を久しぶりに見た。

飯とみそ汁がうまい。井戸水で炊いたせいだとおばさんが言う。大きなお釜が蔵に二つあったから、店では薪でご飯を炊くんだと朝から嬉しそうだ。風呂場の壁際に、古いタイルを張った大きな竃《かまど》が据え付けてある。

食後のお茶を飲みながら昼ご飯の時間を確認したら、姉妹と百合おばさんはすぐに立ち上がった。お祖母さんは後片付けに台所に立った。俺は初めての地下足袋を履くのにずいぶん手間取ったが、草刈り機を担いで先に畑の跡地に向かった。今日は長袖にした。

スギ林の入り口付近には朝陽が斜めに何本も差し込んでいる。野鳥の甲高い鳴き声が響く。昨日と全く違って一本一本のスギが親しいもののように思える。地下足袋は指で地面を掴めるような感覚があって大股で歩ける。なんとなく祠の前を黙って通り過ぎることがしにくく、丁寧に一礼しておいた。

この日から俺は休むことなく肉体労働中心の毎日を続けた。最初の数日は布団から身体を起こすたびに唸るほどの筋肉痛に苦しんだ。いつの間にかそれもなくなり、自分が肉体労働に馴染んでいく実感があった。地下足袋を履いて首に手ぬぐいを巻いた姿が一人前の肉体労働者風に見えることで子供じみた誇らしさが湧き、集中して正確に早く仕事をこなそうと身体が動いた。

杭打ちして階段を作るやり方を覚えた。耕運機も動かした。扱い方を教えてもらってチェーンソーで灌木切りもやってみた。スギ林に転がる倒木のほとんどはどこかしら腐って土に混じっているものばかりだったから、腐っていないところを伐って一輪車で運んで薪用に収容した。斧を使った薪割りだけはすぐに姉妹に褒められる水準に達した。薪は土蔵の壁沿いにみるみる積み上がった。

倒木が無くなって林床がさっぱりしてくると林を見る視線が上がり、周りの樹をよく観るようになった。蘭ちゃんの話に合点がいった。太い樹は直径が三十センチを超えるくらいあるが、二十センチに届かないものもある。垂直に並ぶ樹の中に、斜めに倒れかかって他の樹にもたれている数本のかかり木が気になった。片付けたらもっとすっきりするだろうと思った。蘭ちゃんに怒られる心配をしたが誘惑に勝てず、簡単に切り倒せそうな二十センチぐらいのかかり木にチェーンソーを当てた。チェーンソーの扱いに慣れたから灌木よりももっと太い樹を伐りたくなっていた。根っこの四分の一ぐらいが土から引き剥がされて乾いている。根っこから一メートルぐらい上を伐れば幹が下に落ちて簡単にひっかかった枝から外れると読んだ。スイッチを入れたら軽くチェーンソーのガイドバーが五、六センチまですんなり入った。そこで急に甲高い音がしてチェーンが止まって動かなくなった。スイッチから指を離して引き上げようとしてもピクリとも動かず切り口に固定してしまった。力任せに引いても動かない。樹の重さが切り口にかかって挟んでしまったのだ。軽率だったと後悔した。樹の高さは七、八メートルある。暫く考えたが良い知恵が出ない。恥ずかしくても、蘭ちゃんに手伝ってもらうしかない。重い足取りで蘭ちゃんを探すと一人で土蔵の中を整理していた。

蘭ちゃんはチェーンソーが「樹にくっついちゃっている」と笑って、「これたぶん大丈夫です。諒さん、私が合図したら幹を肩で思い切り持ち上げてください」

そう言ってエンジンをかけた。「はい」と言う蘭ちゃんの声に合わせて俺は力の限り押し上げた。蘭ちゃんがスイッチを握るとチェーンが回ってすんなり外れた。

「ありがとう助かった」

前に危険だからできないと言った蘭ちゃんに救援を頼んだことが恥ずかしかった。

「倒木がきれいになれば次はかかり木を片付けたくなりますよね。叔母さんに費用が出せるようになったら間伐を業者に頼んでもらいましょう。こんな暗い林の中を歩くのは良くないですから。……これはたぶん下から歯を当てれば挟まらないと思うけど、どこに落ちるか分からないからこのままにしておきましょう」

　俺を気遣って冷静に話す蘭ちゃんに平伏するしかなかった。経験も知識もない素人には無理だ。倒木を片付ける単純作業ができただけで俺は調子に乗り過ぎた。

　蘭と菫姉妹は、俺の知る女子大生とか女子高生とは別人種の娘としか思えなかった。耕作放棄地での作業を黙々と集中してやり続け、動きが職人のように滑らかで遠目には工事現場の作業員のようにさえ見えた。姉の方は医学生だし、妹は海外青年協力隊員になって途上国で農業を教えるか、医療活動するか迷っていると言い、晩ご飯が終わるといつも本を読んでいる。気負いもなく眩しいくらいに揺るがない軸を持って生きている。俺が見てきたメイクして男の目を意識して街を歩く女の子たちとは無縁に見えた。そして彼女らの方は俺を少し頼りない兄貴のように見ているらしかった。

　雨の日は土蔵の古い食器の整理や、もらい集めた座卓の補修、ヤスリを使ってチェーンソーと草刈り機の目立て、納戸の箪笥にしまい込まれていた古い衣類の整理、散策路に付ける案内板や客用の下駄箱作り、暇になることは全くなかった。

　十日ほどして、菫ちゃんが部活が始まるからと自宅に戻った。お袋は金曜か土曜に泊まりがけで毎週やって来た。お袋と百合おばさんは、広い庭にもっと梅の木を増やし、キイチゴとブルーベリーも植えて客が食べられるようにするとか、離れの前庭の柿の摘果を近所のおじいさんに教えてもらおうとか話している。庭の大部分は土が剥き出しだから土埃が立つ。芝生を植えるか玉砂利を敷くか費用の見積もりをすることになった。耕作放棄地は全面蕎麦畑にするか桜を植えて花見の場所にするか意見が分かれたが、桜を密植せずに、樹間に蕎麦を蒔けるように間隔を広く空けることに落ち着いた。昼間はお袋と百合おばさんと二人で集落内の家を訪ねて顔を売り、食材調達方法を調べ、店を手伝ってくれそうなおばさんをリクルートしている。百合おばさんは野菜ソムリエの勉強もしつつ時々数日間小弓浜に帰る。そんなこんなのおばさんたちの描く桃源郷の話を傍で聞くほどに、俺はずっとここにいるわけではないとのめり込みそうな自分にブレーキをかけた。この場所の将来計画に夢中にならない方がいい。俺が今やってることは誰にでもできることだ。本格的な営業が始まっても俺は指示されたことしかできない。また仕事を途中で放り出すのは嫌だ。俺のベースはここではなく、小弓浜にあるのだ。

お袋は、俺と二人暮らしのときのお袋ではなく、俺と同じ会社の社員のように動いていた。百合おばさんと打ち合わせのときは小弓浜と変わらないが、身体を動かす段になると俺以上に勝手が分かっていないから、百合おばさんの後を付いて歩く新入社員のように頼りなくなる。お袋のそんな姿を見たくなかった。俺はお袋を気にせずに自分の役割である肉体労働をきちんとやり遂げることに集中した。

ススキを刈っていると虫や蛇まで慌てて逃げていく。湧き上がる草の匂い。トンボや蝶がススキの原を飛ぶ姿。蝉の声。鳥の鳴き声に目をやると見たことのない羽色をした野鳥を見つける。全てが新鮮な発見であることを実感する。ほぼ一時間毎に休憩を兼ねて、刈ったススキを金属製の熊手で畑の端に寄せる作業は収穫にも似た達成感があり、やかんの水は冷えていなくてもうまかった。夕方、作業を終えて草刈り機と熊手を担いで三人で、菫ちゃんが帰ってからは蘭ちゃんと二人で裏山を下りる短い時間は、達成感と充実感で中毒になりそうな快感があった。それはマンションに閉じこもっていては絶対に得られない体験に違いなかった。

蘭ちゃんが九月に入って「私の夏休みは終わりにする」と宣言して帰っていった。勉強に切り替えるのだろう。その週末、入れ替わりのように朝から百合おばさんのお兄さんが奥さんと長男を連れてやって来た。離れの横手の畑で深く張った雑草の根を鍬で掘り起こしている俺をお袋が呼びに来た。

「百合恵がお世話になっています。兄の中棲屋貴です」

俺はあわてて首の手ぬぐいを取って頭を下げ、

「僕の方こそおばさんにはいつもお世話になっています」

長男は瑞木《みずき》君というできのいいお坊ちゃん顔をした中学三年生。この子が病院の跡取りの本命だ。

「先日は上の娘二人がお世話になって、お仕事のおじゃまをして、すいませんでした」

奥さんの方から言われ、俺はさらにあわてた。

「いえ、いえ逆です。蘭さんと菫さんには僕の方がいろいろ教えてもらいました」

「熱中症患者がよく運び込まれるので病院から離れられなくて、息子も夏期講習で来られなくて、諒君には迷惑をかけっぱなしで申し訳ない」

お兄さんは自嘲気味に言いながら土間のテーブルに三人並んだ。耕作放棄地の上に作ったあずまやというよりも丸太造りのバス停のような休憩所も完成し、雑木林入り口までの草刈りもだいぶ前に終わっている。お兄さんの担当作業がずれ込んでいた。

お袋が麦茶を出すと、瑞木君は一気飲みして、ぶら下げてきた線量計と紙を挟んだバインダーを持ち「先に庭だけ調べてくる」と父親にぶっきらぼうに告げて立ち上がった。

「瑞木、蘭が言ってた窪地周りの線量も測って来てくれ」とお兄さんが息子に声をかける。「分かった」と顔も見ずにさらにぶっきらぼうに返事して出ていった。

百合おばさんがお兄さんに「難しい年頃になってきたわね」と話しかける。百合おばさんのお兄さんを見つめる表情が、見たことのない甘える少女の表情に変わって驚いた。

だいぶ前、お袋に「あんなきれいな人なのに何で再婚しなかったのかなあ?」と訊いたら、百合おばさんは男たちにちやほやされるのは当然だけど、結婚まで考えた人はいない。お兄さんが理想の男性なんだと断言していた。その話を思い出した。お兄さんの前に出ると小さな妹に返ってしまうんだ。それだけ兄妹仲がいいのだろう。その二人を微笑みながらお祖母さんが座敷に正座して眺めている。お祖母さんは普段から口数が少なく物静かで、百合おばさんと全く違う。店のことには口出しもせず、娘の百合おばさんを信頼し切っているように見える。

瑞木君は十分ほどで戻って、バインダーを「調べたよ」と父親に渡した。

「林の中も庭も畑も問題ないな。雨樋の下も〇・一マイクロだし」

瑞木君がちょっと身体を引いて父親と話している。この年頃の子が中学生で、来春から授業をすることになるかもしれないと改めて観察した。思春期の男の子だ。父親にべったりするのを避けている。俺に実感はないが本からの知識が反射的に出てきた。お兄さんはバインダーを俺に渡し、

「諒君の家の方は話題にもならなくなっているんだろ?」

「そうですね。そもそもそんな本格的な線量計なんてテレビの中でしか見たことありませんし」

「そうでしょ。私もこんなのをぶら下げて歩いたら、見た人が逆に不安になるって言ったんですけどね。親子一緒になって測るのが大好きなんですよ」

奥さんは気さくに俺に話しかける。田舎の空気はいいでしょとか、お兄さんは百合恵は変なおばさんだろうなどと楽しそうに話す。若い俺と話すことを夫婦ともに楽しんでいる様子だった。

「百合恵は人使いが荒くないか？　いつもなんか始めるときには猪突猛進だから、ペースに巻き込まれると周りが疲れるんだよ」

「おばさんにはいつもお世話になっていろいろ教えてもらって感謝しています」

当の百合おばさんが傍で笑っているんだからそう繰り返すしかない。お袋がスイカを切って運んできた。

「うそうそ、世話なんかしてない。使い勝手のいい息子みたいに扱っているから。よく動いてくれるのよー。お母さんの育て方がいいからね」

「ほら見ろ、諒君を道具扱いじゃないか」

お兄さんはおばさんの六歳上だからお袋と一歳しか違わないはずなのに、表情が若々しく四十代前半ぐらいに見える。部活の先輩の雰囲気で俺にいろいろ問いかけて距離を縮めてくる。懐の深い人というのだろう、俺は気持ち良く年長者に対する言葉遣いで応じられた。あのクソオヤジと話すときのような裏腹なことを言う必要はなかった。隣に座る奥さんも医者の妻というイメージとは重ならず、気さくで元気なおばさんだった。手がすいたら手伝いに来るつもりの様子で、百合おばさんとお袋にいろんな質問をし続けている。「さあ行こう」とスイカを食べ終えてお兄さんは息子を誘い、鎌と目印用の紐、線量計まで持って裏山に入っていった。

俺は下の畑に残る頑固な草の根を三本鍬で掘り起こす作業を再開した。何種類もある鍬の使い分けも迷わなくなった。明日からは休憩所の奥の森の中で、お兄さんが決めたコースの草刈りに取りかかる。それを終えて、森の中でコースの杭打ちと丸太敷き、ステンレスのかすがいで固定する作業だ。それが終われば散策路は一段落で、中断した耕作放棄地の草刈りを再開して残っている所を刈り終えたら小弓浜に帰ろう。

ここは俺よりずっと人生経験の長い百合おばさんとお袋が真剣になって店を立ち上げようとしている場所だ。たとえお袋が戸惑いながら動き回っていても、お袋はこの場所に来ることを自分で決めたのだ。頼まれた作業には終わりがあり、肉体労働の後の充足感がずっと続くわけではない。人が真剣に生きようとしている場所は神聖なところなのだ。不確かな腰かけ気分で居座ってはいけないところだ。開店後のいつか客として来る場所だと腹に力が入った決意が固まっていた。

俺は八月十八日に来て今日九月二十五日に小弓浜に帰る。一か月以上ここで暮らした。今朝起き抜けに手ぶらで裏山に上った。スギ林の中の小道にも馴染んだ。初めて下ったときの恐怖心が自分に起こったこととは思えない。耕作放棄地で刈ったススキの山は枯れて低くなった。この後ショベルでススキの根を掘り起こす予定になっている。向かいの森には草と灌木を刈り払って作った入り口が見える。森の中はスギ林よりも明るく、樹木の高さがまちまちでくらくらするほど多種類の植物が生きていた。秋が深まって広葉樹の葉艶が衰え始めている。日を追う毎に朝晩の気温が下がってきた。暗くなると周辺から虫の鳴き声が絶えなくなった。ここの冬はどれほど寒くなるのだろう。

休憩所の丸太製のベンチに座った。ここは地元の人たちが散歩ついでにやって来る場所にもなるはずとおばさんが言っていた。正面の山襞を眺めた。頂《いただき》から紅葉が始まっている。サラリーマンだった頃、季節の巡りは寒暖の差とそれに合わせた服装の変化でしかなかった。ここでは毎日五感で感じ取れる季節変化がある。ここで土地を使って生活するには俺の会社勤めのように半身の姿勢では立ちいかない。草刈りを終えた夕刻に山を下りる軽い足取りは、肉体労働のいいとこ取りの満足感に過ぎない。今日で小弓浜に帰ることが一番いいことなのだ。

朝食後、百合おばさんはお祖母さんを乗せてお兄さんの家に送った。衣類や身の回り品

を取りに行き、お祖母さんの生活の拠点がここに戻る。お祖母さんは出かけるときに畳に正座して、

「諒さんにはほんとにお世話になりました。ありがとうございました」

俺は慌てて向き合って正座し、いえいえと言うようなことをしどろもどろになって応えた。俺はずっとこの品の良さと丁寧さにとまどい続けた。

荷物をまとめたところにおばさんだけ戻って来て、早めの昼飯の素麺を差し向かいで食べた。

「ほんとによく働いてくれて助かったわ。休みもなしに。やっぱり諒クンは私の思っていた通りの男だった。都会育ちで何も知らなかったのに、人に頼らず見様見真似でよく力仕事をやり通してくれたわ。責任感が強いから安心して任せられた」

「ほんとに何にも知らなかったし何もできなかったなあ。情けなかったなぁ。蘭ちゃんや菫ちゃんにできて俺にできないことが多すぎた。……最初は邪魔してるんじゃないかと申し訳なかったなあ」

おばさんは目じりに皺を寄せて笑いかけた。

「いい経験したと思う？」

「思う、思う。最初はともかく、仕事を覚えたら、畑仕事や山仕事の面白さが少しは分

かった気がしたし、なんか仕事をした結果が目に見えるって達成感があるんだなー」

「だろうね。諒クンは都会育ちだからこんな長い間外で仕事をやる機会なんてなかっただろうしね」

「大まかなことだけ言われて、後は任せてくれたから続けられたんだと思うな。自分で納得しながらできたから、仕事というより勉強させてもらったって感じかな」

「いえいえ諒クンはきちんと仕事してくれたわよ」

おばさんは微笑んで、

「少なくて悪いんだけどさ」と言いながら茶封筒をくれた。

「往復の交通費と少しのお小遣い。久代さんと相談して決めた。その代わり将来お店がある限り、諒クンと諒クンが家庭を持ったらその家族も、料金は取らない特別客の扱いをするからね」


百合おばさんに駅まで車で送ってもらった。いつもはお祖母さんの使っている乗用車だと初めて聞いた。

車の中で、『アローボウ』は買い手が見つかったこと、マンションの明け渡しは三月末にしたことを教えてくれた。野菜ソムリエの試験は来月受ける予定だけど、一番基本のレベルだから一回で合格するつもりと軽く言う。俺が気になっていた茉莉ちゃん一家の移住のことは、お兄さんの病院からほど近くに好条件の空き家があって、お祖母さんが孫とひ孫が近くに住むからと張り切って交渉役を引き受け、古いとはいえ信じられないほど安く建物を売ってくれることになった。土地は借地になるから地代を払うがそれもすごく安いらしい。家が古くて直さなければいけないところがあって、十月になったら大須賀さんが見に来て改築計画を具体化することになっている。引っ越しは桃香ちゃんのことを考えて、暖かくなってからの五月頃の予定で進めるらしい。

「後は諒クンの合格待ちね。合格したら、来年は井之川家と中棲屋家にとって革命の年になるわねぇ。わくわくするわー」

おばさんは運転しながらにこにこしている。もしも不合格だったらおばさんたちの革命拠点が完全に小弓浜から撤収するまで自分の部屋でヒッキーになって受験勉強をして、その後から図書館通いをする。そう決めた。百合おばさんの革命ペースに巻き込まれたら平常心を保つ自信はない。

「ここよ、ここ」

百合おばさんがお兄さんの病院を教えてくれた。『病院前』というバス停があった。思っていたより大きく白い外観で、隣接する鉄筋二階建ての自宅も分かった。次女の菫ちゃんと長男の瑞木君は学校だろう。長女の蘭ちゃんはもうとっくに東京の下宿に戻っているはずだ。俺にはとても印象深い家族になった。

蘭と菫姉妹の作業ぶりは、他人に甘えずに自立を志向する女性のかっこ良さそのものだった。ひょっとしたら俺が頼りなかったからかもしれないが……。お祖母さんはいつも控えめに百合おばさんに任せて食事作り中心に支えてくれた。姉妹の両親と話をして人柄に惹き付けられた。クソオヤジみたいな人間を見てしまうと、不信感ばかりが先に立って、他人を素直に見ようとしなくなる。百合おばさんのおかげで初めて会う人に素直に向き合って話す身構え方を知った。『アローボウ』を手伝い始めてから次々と見たことのない種類の人や知らなかった世界を知った。百合おばさんは俺に気付く場を与えてくれた。

おばさんは帰りにお祖母さんを拾って帰ると言って俺を降ろし、「気をつけて帰ってね」とあっさり車をターンさせた。俺とはまた小弓浜で会うのだから。

おばさんの実家から離れているものの最寄り駅だ。あの家に愛着ができた。たかが下準備の手伝いであっても初めて全身が満たされるような満足感があった。目の前の駅舎にまで愛着が湧いた。帰りは新幹線ではなく在来線を乗り継いで車窓からゆっくりいろんな物を見て帰ろう。小弓浜に急ぐ理由もない。

「お疲れ様だったわね」

お袋が家にいた。俺を出迎えるため年休を取った。なんと百合おばさんの部屋にあった書棚がリビングの壁に張り付いて部屋の様子が一変していた。お袋が来たときに「書棚、もらったからね」と言ってたことを思い出した。百合おばさんの劇団卒業パーティーがあって、劇団のメンバーがおばさんの部屋に集まり、おばさんが所蔵の雑誌、本、小物を団員に配ったついでに団員たちがこの部屋に運び込んだと言っていた。俺が使うだろうと気遣ってくれた。同じ作りの部屋だからサイズがぴったりだ。

冷えたウーロン茶を出してお袋が向き合って座った。

「諒を毎週見に行ってたけど、やっぱり行く前よりたくましくなったわ。日焼けのせいかと思ったけど、それだけじゃあないわね」

「筋肉は付いたけどね」

久しぶりに二人だけで向き合うと照れくさい。お袋はおばさんの家では離れの一部屋をもらっていたから二人きりで話す時間はほとんどなかった。

お袋は刺身の盛り合わせの皿を出して俺に晩ご飯を食べさせ、自分は少し食べて、いそいそした様子でフィットネスクラブに行くと言って立ち上がった。

「かっこいいインストラクターでもいるの？」と無意識にからかいが口をついて出た。

「あら、珍しいことを言うのね。そうなの、親切に教えてくれるのよねー」

お袋にこんな軽口を叩いた自分に驚いた。これまでにあったかなと座ったまま動けなかった。

十一

百合おばさんの実家から戻って、採用試験の結果通知が届くまでの一週間足らずで、朝六時前に目覚めて夜十時頃には眠くなる田舎での生活リズムが崩れた。

おばさんの実家では朝晩の食事中にテレビを見る程度で、新聞はなかったし、スマホでニュースをチェックしたのは最初の頃だけ。スマホは写メ専用になっていた。そういえば、あの姉妹がスマホを眺めている姿の記憶がない。俺と同じように作業から帰って見ていたのかもしれないが、スマホを片時も放せないような女の子たちではなかった。

小弓浜に戻ってからは新聞を丹念に読んだ。身体を動かした後の充実感はなくなって、情報への渇望感が出た。田舎では人が少ないのに常に人と周りからの刺激に曝され、目配りしていた気がする。小弓浜の部屋に閉じ籠もっていると刺激から遮断されて自分から情報を取りにいかないと不安になった。昼間のテレビにはすぐに飽きて、本を読み始めてもすぐに眠くなって、ベッドに転がる時間が多かった。休みなく働いた疲れが出ているのかもしれない。朝晩はお袋が食事を用意してくれ、昼食は外で食べる。合否通知は淡々と待って、結果が出てから自分の動きを決める。それまではのんびりしてもいい。そう思っていた。

小弓浜の駅は都心の駅ではない。駅ビルと数棟のマンション以外周辺に高い建物はない。リアスの湾を江戸時代に埋め立てた土地だから、見回せば元は岬にあたる尾根状の丘陵地の斜面に照葉樹の森が残っている。この森は急斜面で、一部が森林公園として散策路が整備されて開放されているだけで、大半は住民の生活に関わっていないし関心も持たれていない。

街の空気には夏が終わり切っていないしまりのない淀みがある。街で暮らすと狭い檻の中に閉じ籠められて身体がぐずぐずに衰えていくような気がする。耕作放棄地で草刈りの合間に見上げた空や汗を飛ばす草の匂いを含んだ風が懐かしい。かつてヒッキープーを夢想した俺の矮小さに苦笑する。

田舎ではとにかく飯がうまかった。野菜は百合おばさんのお母さんが住むようになってからはしょっちゅう近隣の農家が何かを置いていった。百合おばさんが農家回りを始めたら必ず野菜や果物、自家製の漬け物なんかを持たされて帰ってきたし、肉と魚とお茶菓子は歩いて十五分ほどの万屋と移動販売車から買えた。昼食は母屋に戻って摂り、三時のおやつ用に何かを用意して持たせてくれた。炎天下の作業だから大きいやかんに水を入れて現場の日陰においておく。数回万屋に行った以外金を使う機会がなかった。

小弓浜のコンビニに入ると目移りする商品の洪水が刺激的で攻撃されているような気分になり、「俺は買い物なんてしないで過ごして来たんだぞ」と独りよがりな反感を覚えた。俺は田舎の緑と風に洗脳されてしまったのかも知れない。

二次試験の結果は「たぶん」という予感めいた手応え通り合格だった。テーブルに書留封筒を置いてしばらくぼんやりした。これで自分の方向が決まってしまった。嬉しいというより心の中にぼんやりとした緊張の核が生まれた。指示待ちでノルマをこなすだけではなく、等身大の自分を若い世代の前に曝して仕事をすることになった。

椅子から立ち上がるのに身体が重いが、自分の部屋に戻ってとりあえずお袋と百合おばさんにメールした。おばさんには茉莉ちゃんにも伝えてくれるように書いた。哲ちゃんにもメールで報告し、亜弥には電話したかったがまだ勤務中だ。夜まで待とうか迷い、結局単純な報告のメールを出した。

百合おばさんは今どこでどんな仕事をしているのか、すぐに返信が届いた。

〈教育は未来に実を結ぶ仕事。ロマンよ。目先にとらわれちゃつまらないよ。そのための勉強を始めてね。私もロマンを追いかけてるのよ〉

中学生の未来を考えて彼らの前に立つことなんて俺にできるのだろうか。

〈やったじゃん。おめでとう！　今度二人で祝杯を挙げよう。諒ちゃんは俺の自慢の友達だ！〉

哲ちゃんは俺にとっても自慢の友達だ。今度会ったときには『アローボウ』閉店のドラマチックな顛末と百合おばさんの新しい店の話をしてやろう。

「諒、ちょっと話があるからこっちに来て座って」

お袋がドアを閉めてばたばた入ってきた。メールの返信は受け取っていない。いつもより早い帰宅だ。

「年休取ったの？」

「うん、それでさあ、百合ちゃんには話してあるんだけど、あんたが合格したから、私今年いっぱいで仕事辞める。残りの年休消化するから、実際には来月いっぱいぐらいで百合ちゃんとこに移る。三月まではここの共益費と電気代なんかは私が払う。四月からはあんたが全部自分でやるのよ」

待ってましたとばかりにまくし立てる。お袋は着替えもしていない。俺はあっけに取られて聞いていた。来年三月から移ると言ってたじゃないか。「えーっ」と驚いても、それは嫌だと言えるはずもない。

「合格したんだから。親ならおめでとうを言うのが先じゃないの？」

子供のように俺の反応も気にせず早口でしゃべるお袋に半ば呆れ、抗議口調になった。

「なに言ってんの。二か月も三か月も受験勉強しかやることなかったんだから受かるの当たり前でしょ」

「前は二月いっぱいで辞めるって言ってなかった？」

抗議口調を続ける。

「早く行って、寒い時期になにが作れるか研究するでしょ。それに地元のおばさんたちに手伝ってもらうでしょ。最初から一緒に働かないとこっちの言うこと聞いてくれないもんなのよ。私の経験。百合ちゃんは昼間は料理中心にして、夜は地元の人にお酒も飲める場所にしたいのよ。暖房のことも考えないといけないし、酒の肴も考えないといけないしね」

破裂したように一気に話すお袋は言い出すのを我慢し、俺の合否を息を潜めて待っていたようだ。百合おばさんが生き生きと新しいことに挑戦する姿を間近に見て、煽られ続け

た お袋に焦りが出てきているようにも見えた。

「諒くん？　やっとゆっくり話せるね」

亜弥の電話。メールの返信がないから、電話があると思っていた。六時過ぎていた。仕事の帰りかと訊くと、

「この前諒くんが待っていてくれたあのパイプのベンチに座ってる。絶対合格すると思っていた。私明後日の土曜日に小弓浜に行く」

亜弥はデイパックを肩に、大きなトートバッグを手に、小弓浜の改札口を飛び出して来た。黄色っぽいパンツとグレーのパーカーの下にカラフルな柄のインナー、キャップが似合っている。今日はスニーカーを履いている。就職してから会うときは会社帰りが多く、スーツ姿しか記憶にない。あっけに取られた。この前待ち伏せて会った時は華やかに変わっていたがOLなんだからと抵抗なく受け止められた。こんなカジュアルで明るい服装の亜弥を見た記憶は学生時代にもなかった。

ジーンズと袖をたくし上げたトレーナーにスニーカー姿の俺を上から下まで見て、

「諒くん、日焼けして、すごく健康そうだねー」

「外で仕事したからね。いろんなことやった」

亜弥は調べて来たからバスで終点まで行こうと言う。岩見崎トンネルを抜けてクソオヤジの家の前を通る路線だ。

「終点は海岸で何もないところだよ」

「海があるよ」

一人掛けの座席に前後して座った。亜弥が後ろから耳元で小さな声で話しかける。亜弥の会社の窓からは横浜港が見える。

「小弓浜の海と繋がっているんだって、いつも思っていたんだぁ」

珍しく低い声で俺の耳元に話しかける。俺はしみじみとした亜弥の物言いに返せる言葉が見つからず、頷いただけだった。

「諒くん、肩幅が広くなったみたいよ」

いつもの明るい声に戻った。

「力仕事が多かったんだ」

首を少し回して応える。もうすぐクソオヤジの家の前を通る。首を回して、

「あとで話すけど、これ、ここ、この家覚えておいて」

ここでの出来事はどうしても亜弥に話したかった。

「暗い感じの家だね」

バスの座席だから高い位置から見渡せる。もう引き払ったんだろう。ＢＭＷもない。糞を埋めてあった庭はびっしり雑草で覆われていた。草刈り機で二時間ぐらいかかりそうだ。

そうだ、あんなクソオヤジは俺が過ごした田舎にはいない。田舎では誰からも相手にされず、生きていけるはずのない男だ。


「秋の海だー。すごい青だー」

バスの降車口を飛び降り、亜弥の声は弾んだ。終点は海岸沿いの歩道。停留所のポールがあるだけの終点。やせた砂浜は海の家だって建てられないから海水浴場でもない。私鉄の最寄り駅は海と反対側の崖の上だ。バスを降りたのはハイキング姿の中高年の三人グループと俺たちだけ。グループはそのまま半島の南に向かって歩き去った。土曜の午後、離れたところで投げ釣りをやっている男性が一人。歩道から砂浜に降りる古くて狭い石段がある。亜弥が喜んだように空は秋晴れで海の色が濃い。

「ここ、前にレンタカーでドライブしたでしょ。覚えてる？　あのとき、人がいなくっていいなって思っていたの」

亜弥が砂に直接座ったので俺も並んで座った。背中に護岸のコンクリート壁が固い。沖合にブロックを積んだ消波堤がとぎれとぎれに並んでいる。

「さっきの暗い家がどうしたの?」

俺は隣人の百合おばさんの話とバーテンもどきの仕事、買い物のアルバイトの話、『アローボウ』でのクソオヤジの様子、オヤジが嫌がらせを受けていた話、ガンチャンの感情をぶちまけた哀しい話、クソオヤジが消波ブロックの上で怪我した話までして、自分がその都度感じたこともすべて話した。長い時間がかかった。亜弥は時々聞き返し、うなって聞き終えた。

「哀しいねー、そのオジサン。舞台で仕込まれた芸をやってる動物みたい」

「自分のことにしか興味がないから、他人の痛みに無関心で誰かを傷付けてきたってことなんだろうな。だから恨んでいる人がいるんだろ。気付かずに他人を傷付けちゃうことって誰にでもあるんだろうけどね」

俺は話して気付いた。それは俺もやってしまったことじゃないか。自分のことしか考えられなくて隣の亜弥を……。

亜弥は返事をせずに顎を上げた。

「高校生の頃ね、私、どうして自分は周りのことばかり気にするんだろうって悩んだんだよ。周りに合わせることを優先して、自分の本音が出せなくてね。そんな自分が嫌なんだけど、何もできなかったんだ。家でも長女だからって自主規制みたいに我慢してばっかりだった。これが好きとかこれが欲しいってあんまり言えなかったんだ」

亜弥には大学生の妹が一人いるはずだ。

「大学に入ったら高校と違って急に自由になって、初めの頃は知ってる人がいないから周りの人に気を遣わなくても良くなったでしょ。心理学の授業で急に気付いたの。私は自分の感情を信じていなかったんだって。人や物を嫌いって思うのは自分が変だからだって、周りの子と意見が合わないことが多かったからだと思うんだけど、自分に起こった感情を否定しちゃったんだよ。フランスに興味があることだって周りには言わなかったんだから。でも一人で大学通って、一人でいると感情の赴くままに動けるでしょ。それがすごく気持ちが良かったの。だから自分の感覚や感情を大事にした方がいいんだって。そう思ったら女子のグループにこだわらなくなったし、自分が伸び伸びしてきた」

「その話初めて聞いた」

「初めて話したもん」

「寂しくなかった?」

「最初は全くない。大学の帰りに途中下車して知らない街を歩いたり、面白そうなお店を覗いたりすることがすごく新鮮で楽しかった。でもそのうちに楽しいと思ったことを話す相手が欲しくなって、そうかこれが友達が欲しくなるってことかって気付いたの」

「高校の友達とあんまり付き合いがないって言ってたよな」

「そう、群れていた頃の自分が嫌いだった。自分をごまかしてるみたいで。自分の感覚を信じていいって分かってきた頃に諒くんに話しかけたんだよ。ノート見せてって。ふたコマの授業一緒だったでしょ？　私いつも諒くんの斜め後ろに座っていたから、諒くんが授業のどこに興味を持つのか見えていたんだ。私が興味を持つところと同じだったんだ。だからこの人とは友達になれるって、そのときの自分の感情を信じたんだ。間違っていなかったよ」

亜弥はずっと同じ席に座るし、いつも一人で行動して背も高くて目立っていたから俺は前から気になっていた。

「私、諒くんのこといろいろ訊いたでしょ。だから諒くんのお母さんのイメージも、出て行っちゃったお父さんのこともイメージできるんだ。……諒くんは私がどんな話をしても面白そうに聞いてくれた。初めて自分が傍で伸び伸びしても嫌ったりしない人だって信じられた。……諒くんが仕事に苦しんでいた頃、辞めた方がいいって何度も言おうと思ったんだけど、諒くんは自分で決めないと次の道が探せなくなるって思った。連絡くれなくなっても、いつか必ず連絡があるって、私、自信があった」

「自信？　なんで？」

俺は俯いて苦笑いした。

「お母さんにはかなわないかもしれないけど、次に諒くんのことを分かっているのは私だもん。理解してくれる人のことは忘れられないもんだよ」

亜弥はデイパックから保温ボトルを出してコーヒーをキャップに注いだ。自分で淹れてきたのかと訊くと首を振った。

「温かい缶コーヒーを入れた。サンドイッチを作るのもよして、パン買ってきた」

カレーパンとメロンパンを出して勧めた。

「諒くんカレーパン好きでしょ。お弁当作るのに早起きすると、眠くなってたくさん話ができなくなるでしょ。だからよけいなことしないの。諒くんは私が美人じゃないから会いたくなくなったわけじゃない。一人の時間が必要だっただけ。だから今更諒くんの前で飾ったり無理もしないんだ」

「この前会社帰りに会ったとき、きれいにメイクしてたよ」

亜弥は表情を緩めて声のトーンを変えた。

「あれねー、会社の社長、女性でしょう。怒られたの、私口紅くらいしかしなかったでしょ。お客様に会うときノーメイクなのは失礼だからいい加減にメイクの勉強しなさいって。それで雑誌買って、妹にからかわれながら覚えたの。最初は時間かかったー。でも今は十五分でメイクできる。着る物も会社の帰りに、あの辺たくさんブティックあるでしょ、覗いて見るの。それも勉強。学生時代にはしなかった種類の。ワインの本もたくさん読んだ。うちは社員とパートを合わせても十人もいないけど半分ぐらいはフランス語かスペイン語かイタリア語ができるのよ。英語はみんなかなりできるし。だからフランス語を習って、ワインのノート作って、分からないことは社長でも先輩でも何でも訊いて回るの。それでたぶん社長が出張に連れてってくれたと思うんだ。フランス語、ある程度聞き取れて、話せたから嬉しかったー。醸造所ってボルドーだけで八千カ所以上あるのよ。小さい醸造所ばかりで、そこをたくさん回って交渉したんだけど、よく訊かれたのはねー、津波。大変だったねと、福島は大丈夫かって。フランスは原発大国だからだね。同じ事故が起こったら、周りのブドウ農家は廃業するしかないって」

俺は蘭ちゃんの線量の話と哲ちゃんとの偶然の再会をとっておきの話として詳しく話した。

「すごいプレゼントをもらったんだねえ。良かったねー。ちゃんと生きてると神様がご褒美くれるんだよ」

亜弥が群青色に変わった空を見上げて幸せそうな表情を浮かべた。俺がちゃんと生きてたと言えるのは最近になってからだろう。

「私ももらったんだ。ちゃんと生きていたから」

「えっ？」

「だから今来たかった海に来ているんだよ」

亜弥は俺からの連絡を待っていたんだ。ずっと。

亜弥と会わなかった期間にあったことを全部話そうと思った。百合おばさんの田舎の料理屋計画の話をして、どんな力仕事をやったかを細かく話した。

「肉体労働って、たくましくなるんだね」

裏山での仕事、畑作りの作業一つ一つの説明に時間がかかったけど亜弥は熱心に聞いてくれた。亜弥はずっと川崎育ちだ。

太陽が半島の反対側に沈んで冷えてきた。

「寒くない？」

俺が声をかけると反射的に「そうだっ」と言いながらトートバッグから大きな包みを引っ張り出した。

「これ、フランス製。柄が気に入っておみやげにしたの。絶対諒くんに似合う。防虫剤入れて仕舞っておいた」

　俺に渡さずに包みを解いて広げた。白と黒っぽく見えるボーダー柄のパーカー。亜弥が海の色だと黒く見える部分を指した。素直に礼を言ったら、亜弥がパーカーをそのまま俺と自分の間にかけ、腕の部分をマフラーのようにそれぞれの首に巻いた。柔らかい高級ウールの肌触りだった。亜弥が俺の肩に自分の肩を押し付け、俺の肩の筋肉が固いとつぶやいた。

「ボランティアに行ったときを思い出すね。あのときもバスで肩をくっつけて眠って行ったね」

「一日しか手伝えなかったけど、行っておいて良かったな」

「私もそう思う。フランスの醸造所でもボランティアのこと話せて良かった。また行こうよ。手伝えることはないかもしれないけど、買い物するだけでも喜ばれるよ」

　亜弥ってやつは自分たちのことだけで終わらせず、よく他人への想いを口にする。自分だけ良い思いをしてはいけないいきまりを持っているかのようだ。

「そのときに百合おばさんの店にも行こう」

「うん、話を聞いたから諒くんのお母さんが地元のおばちゃんたちに指示しながら料理作ってる姿とか、民家の座敷に座って郷土料理食べる私と諒くんを想像しちゃう」

「亜弥が選んだワインを持って行こう。開店する前に」

「安くておいしくて安心なワインたくさんあるんだよ。絶対喜んでもらえるワイン選んでおく」

亜弥のフランス出張で見聞きしたこと、俺が見た祠と山神様の話、会わなかった間の話題は尽きなかった。

釣り人は気付かないうちにいなくなっていた。潮が満ちてきて、砂浜がさらに狭くなった。月が出ている。風はない。亜弥の頭が肩に乗っている。波が穏やかな音を立てている。

「波がいつの間にか近くになっているね」

「うん」

「話が終わらないね」

「うん」

「もっとずっと話したいね」

「うん」

「諒くんは春から中学の先生になるんだよね」

「うん」

「私、黒板の前で生徒に真剣になって話している諒くん、想像できる」

「えっ？」

「諒くんは生徒に伝えることたくさん持っていると思う」

「えっ？」

「だってちゃんと考えて生きてきたじゃん」

亜弥の頭がそっと離れた。パーカーの袖が外れた。

「諒くんは忘れたかもしれないけど、ノート借りた日、一緒に帰った。私たくさんしゃべった。生まれて初めて気を遣わないで男の人としゃべった日だった。それからどんどん諒くんが好きになった。諒くんと一緒じゃなくても頭の中で諒くんがいつも生きて動いていた。諒くんが分からなくなって寂しい思いをしたことは一度もなかった。だから諒くんは何が嫌かも分かった。こんなに分かりたいと思って、誰よりも理解できた人は他にいないと思った。絶対に自分はどこにも行かないって決めてた」

亜弥は声のトーンを変えないように、全身に力を込めて紋切り型に言葉を継いだ。肩の強ばりで伝わってきた。言い終えた亜弥の腕が俺の首に巻き付いた。顔が回る瞬間亜弥の目に溜まった涙に気付いた。口を俺の肩に押し付けた。歯が鎖骨に当たった。亜弥の肩が震え出し、こもった呻き声が漏れ始めた。亜弥がなぜ泣き始めたのか分かった。亜弥の頭をゆっくり撫で、もう片方の手を背中に当てた。

「ごめんな」

俺が悪かった。俺が幼稚だった。未熟者が大人の振りしたくて亜弥の感情を無視した。傲慢だった。亜弥を傷付けた。

亜弥の腕に力が入り肩が大きく上がり身体中に溜まっていた悲しみを全て吐き出すような長い呻き声になって肩から伝わり俺の身体中で増幅した。長い呻き声と穏やかな波音のリズムがシンクロしていた。

亜弥は映画を見たとき以外に俺の前で泣いたことはない。初めて俺の肩にすがって泣いている。でも泣きやんだとき、亜弥は悲しかったこと、我慢して辛かったことを全て残らず流し切って顔を上げるに違いない。そういうやつだ。俺はフランス製のパーカーを亜弥の背中に掛けてゆっくり頭を撫で続けた。亜弥の重みと肩にしみ込んでくる涙と涎。熱い息がトレーナーの繊維を通って肩に伝わる。俺はこのときのために肩の筋肉を付けて戻って来たんだ。

本作は二〇二〇年七月に小社より刊行された単行本に
若干の加筆訂正を加えて文庫化したものです。

〈著者紹介〉
城 唯士（じょう ただし）
1950年横浜生まれ。2010年より横須賀市在住。
著書に『千恵ねえちゃん』（単行本2015年、文庫版2018年、小社刊）、
『谷戸に建つ家～夏』（2018年、小社刊）がある。なお、本書の単行本版を
含め、すべて電子書籍化済み。

隣《となり》の百合《ゆり》おばさん

2023年7月6日　第1刷発行

著　者　　城 唯士
発行人　　久保田貴幸

発行元　　株式会社 幻冬舎メディアコンサルティング
　　　　　〒151-0051　東京都渋谷区千駄ヶ谷4-9-7
　　　　　電話　03-5411-6440（編集）

発売元　　株式会社 幻冬舎
　　　　　〒151-0051　東京都渋谷区千駄ヶ谷4-9-7
　　　　　電話　03-5411-6222（営業）

印刷・製本　シナジーコミュニケーションズ株式会社
装　丁　　北谷 凜

検印廃止

ISBN 978-4-344-94532-6 C0093
幻冬舎メディアコンサルティングＨＰ
https://www.gentosha-mc.com/